堀 辰雄（1904—1953）

起风了·菜穗子

堀辰雄

吴大肸 译

上海译文出版社

1936 年 12 月《起风了》发表在《改造》杂志上

昭和十二年 6 月铃木信太郎装帧的《起风了》初版本

《起风了》野田书房版

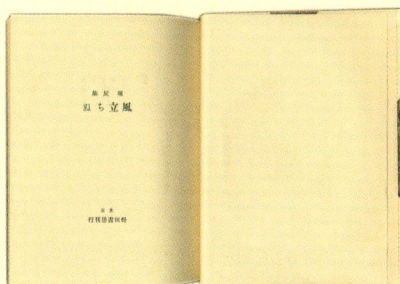

野田书房版扉页

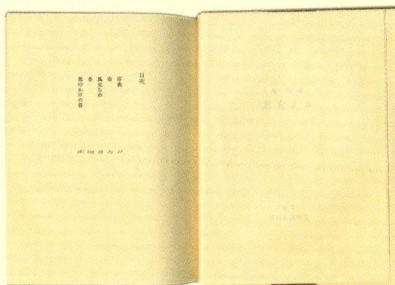

野田书房版目录

死于富士见市疗养所的堀辰雄未婚妻
《起风了》小说中节子的原型矢野绫子

矢野绫子创作的两幅油画

《起风了》书中疗养院的原型富士见高原疗养所

从富士见方向看到的冬天的八岳山

《起风了》(《风雪黄昏》) 电影剧照

电影中的节子和"我"

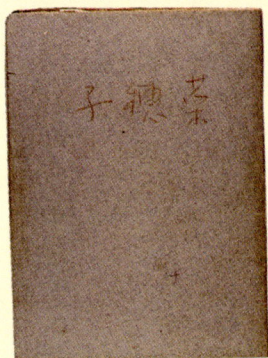

《菜穗子》原稿

《菜穗子》原稿内页

昭和十六年 11 月出版的《菜穗子》初版本

《菜穗子》开头部分

《茉穗子》的写作笔记

1984 年上海译文出版社出版的《菜穗子》日汉对照本

目录

起
风
了

序　曲

　　夏天的那些日子里，每当你站立在长满茂盛芒草的草原上，专心致志地作画时，我就会躺在旁边的一棵白桦的树阴下，陪伴着你。而当暮色降临，你结束工作来到我身旁时，我们就会互相将手搭在对方的肩膀上，一起眺望一会儿远方的地平线。这个时分的地平线上，总会覆盖着大块大块浓厚的、唯有边缘呈现出暗红色的积雨云。那终于向暮的地平线上，倒仿佛有某种东西正在萌生似的……

有一天下午，我记得已经临近秋天，我们将你画到一半的图画搁在画架上，舒坦地趴在那棵白桦树的树阴下，啃着水果。流沙般的云朵，轻快地在空中飘过。这时，不知从什么地方突然刮来了一阵风，将我们透过头顶上的树叶望见的蓝天，一会儿放大，一会儿又缩小了。几乎与此同时，从草丛中传来了不知什么东西啪嗒一声倒地的声音。那好像是我们搁置在那里的那幅画，连同画架一起倒了下来的声音。你随即想站起身来，去发出声音的地方。我硬拽住了你，不让你从我的身旁离去，仿佛此刻我不想失去任何东西似的。你听凭我拽着，并没有挣脱。

起风了，只能好好活下去！①

　　我将手搭在倚靠着我的你的肩上，嘴里反复吟哦着这句冷不丁脱口而出的诗句。你终于挣脱了我，站起身来走了。那颜料尚未干透的画布，在倒地的时候，已经沾满了草叶。你重又将图画竖到画架上，用调色刀费劲地刮去粘在画面上的草叶，说道：

　　"嘿，要是老爸瞅见我这么着……"

　　你别过头，冲着我露出了有点暧昧的微笑。

　　"再过两三天，老爸就要来啦！"

有天早晨，当我俩在林中漫步时，你突然这么对我说。我不禁有点怏怏，没有吭声。见我这副模样，你用略带沙哑的声音又开口说：

"要是老爸来了，咱们就不能这样散步啦。"

"不管什么样的散步，只要想进行，都没问题的呀。"

我们头上树枝的梢头，正在发出有点恼人的萧瑟声。我似乎尚未释然。我感觉得到，你投在我身上的视线有着几分担心。可是比起关注你的视线来，我装出一副更关注树枝梢头萧瑟之声的神情来。

"老爸是怎么也不会让我离开他的呀！"

我终于用可以称之为焦躁不安的目光盯着你。

"那么，你是说咱们这就得分手啦？"

"这不是出于无奈吗？"

你这么说着，一副听天由命的样子，努力朝我

---

① "起风了，只能好好活下去"，这句话出自法国诗人瓦雷里的长诗《海滨墓园》，将这本书译介给国人的是梁宗岱，当时他译作"起风了，唯有活下去一条路"。

露出了微笑。啊，当时你的脸色，甚至还有你的嘴唇，是何等的苍白呀！

"你为什么会有这样的变化呀？你当时好像把一切全都托付给了我……"

我显出一副不愿再费思量的样子，沿着虬根盘曲的狭窄山路，落在你身后几步，步履艰难地走着。这一带树木显得很茂密，空气冷森森的，这儿那儿散布着一块块不大的沼泽。蓦地，我脑海中闪出这样一个念头：我们俩是今年夏天不期而遇的，你对待像我这样的人是那么依顺。你莫非像对待我一样——不，莫非有过之而无不及地将自己，老老实实地交给了你父亲，还有不断地支配着你的一切——包括你父亲在内——的某种力量了吧……"节子，如果你是这样一个人，那我兴许就会更喜欢你。等我的生活基础再稳固一点，我无论如何要去娶你。所以在那之前，你像现在这样待在你父亲身边就行啦……"

这番话，我只讲给我自己听。可是，仿佛要征得你同意似的，我猛然一把抓住了你的手，而你则任由我抓着。然后，我们就这样手搀着手，在一片沼泽前站住脚，默然不语，有点郁闷地凝望着生长在沼泽底部的蕨类植物。我们脚边的这片沼泽不大，但很深。阳光艰难地透过低矮灌木丛的无数繁密的枝杈，斑斑驳驳地照临在这些林间蕨类植物上的。这些来自树木枝杈间的阳光，途中还会因为似有若无的微风，而一闪一闪地跳跃着。两三天后的一个傍晚，我发现你在餐厅里，和前来接你的父亲一起吃饭，尴尬地将背对着我。待在你父亲身边时你那一颦一笑、一举手一投足，在你无疑是真情的自然流露，在我则觉得你仿佛是位素未谋面的姑娘。

"我即便叫她的名字……"我独自沉吟，"她大概会若无其事地连头也不回过来吧，好像我叫的不是她似的……"

那天晚上，我一个人兴味索然地出去散了会儿步。散步回来后，我还在旅馆阒无一人的院子里盘桓了片刻。天香百合散发着馥郁的香气。我怔怔地望着有几个窗户尚亮着灯的旅馆。这时，好像有点起雾了。似乎害怕这雾气似的，亮灯的窗户接二连三地熄了灯。终于，整个旅馆变得一片漆黑。紧接着，传来轻轻的吱呀一声，有扇窗户慢慢地打开了。只见一位姑娘，像是穿着件玫瑰红的睡衣，靠着窗站在那里。那姑娘就是你……

自从你们父女俩离开后，我的心中每天都充溢着幸福的氛围。我至今还能清晰地回忆起，这种类似于悲哀的幸福心情。

我整天把自己关在旅馆里，开始投入因为你而搁置许久的工作。我居然能静下心来埋头于工作了——这是连我自己都未曾预料到的。在这段时间里，季节已经彻底完成了更迭，我终于也要离开这家旅馆了。在离开的前一天，我相隔很久又出去散了一次步。

秋天的林子变得很凌乱，变得我都快认不出来了。从叶子已经掉得所剩无几的树木间望过去，那些业已寂无一人的别墅的阳台，仿佛就近在咫尺。菌类植物湿润的气味，夹杂着落叶的气味。这令人意想不到的季节的推移——自打与你离别后，于不知不觉中这样逝去的时光，使我产生了一种异样的感觉。在我的心中，我坚信你离我而去是暂时的。因为这个缘故，于我而言这样逝去的时光，就产生了与往昔迥异的意味了吗？……我一直有点模模糊糊地思考着这个问题，但随即又找到了答案。

十几分钟以后，我来到了林子的尽头，眼前豁然开朗，抬眼可以望见遥远的地平线。脚下就是那长满茂盛的芒草的草原。旁边有棵白桦树，树叶已开始变黄。我在白桦树的树阴下躺了下来。这儿就是夏日里我一边仰望着你站在画架前作画，像如今这样躺着的地方。那时候，地平线上几乎总是布满了积雨云。而如今，从在风中摇曳着的雪白的芒花上望过去，一座座远山历历在目。真不知道那些轮廓分明的山脉，具体耸立在何处？

我凝眸远眺着那些山峦。过了一会儿，我几乎把它们的形状都记在了心里。在这个过程中，我逐渐清晰地意识到，此刻我终于发现了迄今一直深藏在我心头的、一定是上苍赋予我的东西……

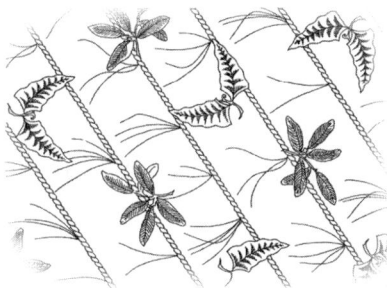

春

　　进入了三月份。有一天下午，我像是平素散步偶尔顺便过访似的，拐到了节子家。一进门，我瞥见节子的父亲头戴一顶体力劳动者戴的那种大草帽，一手拿着剪刀，正在门边的灌木丛中修剪着枝桠。我像个小孩子似的，拨开枝桠朝他走去。走到他身边简单地打过招呼以后，我便站在那里饶有兴趣地看着他劳作。当整个身体钻入灌木丛中时，我发现在那些细小的枝桠上，不时有某种白色的东西在泛亮。那些似乎都是花蕾……

"她近来好像身体好多了。"节子的父亲蓦地抬起头，告诉我节子的近况。那时候，我刚和节子订了婚。

"等到天气再暖和些，让她换个地方去疗养，你看怎么样？"

"这个主意不赖……"我含糊其词，一边装出非常在意眼前的某个花蕾的模样。这个花蕾，从方才起就一直在我的眼前闪亮。

"最近，我们正在寻找有什么好地方没有……"节子的父亲并不理会对着花蕾发愣的我，继续说道，"节子说，不知道 F 的疗养院怎么样。听说你认识那里的院长？"

"嗯。"我有点心不在焉地应了一声，总算将方才发现的那个白色花蕾拽到了手里。

"可是，她一个人能待在那里吗？"

"大家好像都是一个人待着的呀。"

"不过，她一个人估计怎么也不行吧。"

节子父亲的脸上，显露出有点不知所措的神情。他也不瞅我，猛地对着眼前的一根树枝，就是咔嚓一剪刀。看到这番情景，我终于不能自持，冲着节子的父亲，说了一句准是他期待着我说的话。

"这样的话，我可以陪她一起过去。因为恰好我现在手头的工作，到时候看来可以按时结束了……"

我这么说着，把方才好不容易拽到手中的带着花蕾的枝丫，重又轻轻地放掉了。我发现，听了我的话，节子父亲顿时一展愁眉，说道：

"要是你能陪她一起过去，那真是再好不过了。不过，这太对不住你啦……"

"不，对我来说，在那样的山里，兴许反而更有利于工作……"

接着，我们东拉西扯了一会儿那家疗养院所在的山区。而在不知不觉中，我俩的话题转到了节子父亲正在修剪的花木上。二人在此刻相互感受到的一种类似于同情的情感，似乎使这种不着边际的谈话，居然变得活跃起来……

"节子她起来了吗?"不一会儿,我不动声色地问道。

"噢,大概起来了吧……来,没关系的。你从这儿进去……"节子父亲用拿在手中的剪刀,朝院子的栅栏门指了指。我小心翼翼地从灌木丛中钻了过去,拉开了那道栅栏门。门上因为缠满了爬山虎,所以开起来有点费劲。我就径直穿过院子,朝节子的病房走去。那间屋子像是偏屋,不久之前一直被她作为画室在使用。

节子似乎早就知道我已经来了,但她好像没有料到我会从花木繁茂的院子中穿过来。她在睡衣外面披了件颜色鲜亮的短褂子,躺在长椅上,此刻正在摆弄着一顶女帽。这顶我未曾见过的女帽上,装点着 根细细的缎带。

我透过法式落地玻璃门瞅着她,朝她走去。她仿佛也发现了我,一激灵想站起身来。可是她并没有起身，只是将脸转向我，用略带羞涩的微笑注视着我。

"你下床啦?"我在门边忙不迭地脱着鞋，问道。

"我试着下了一会儿床，可是一下子又觉得好累呀。"

说着，她慵懒无力地将方才一直拿在手中随意摆弄着的帽子，胡乱地往旁边的梳妆台上一扔。可是帽子没有扔上梳妆台，而是掉到了地板上。我赶紧走上前去，弯下腰——我的脸几乎要触及她的脚尖了——把帽子捡了起来。然后，我开始摆弄起帽子来，一如她方才之所为。

过了一会儿，我讪讪地问道："这样的帽子，你拿出来干吗?"

"这玩意儿，真不知道什么时候能戴。可是爸爸也真是的，昨天去买了来。你不觉得爸爸有点怪吗?"

"这是爸爸精心挑选的? 确实是位好爸爸呀。

唉，你把这帽子戴一下试试。"我半开玩笑地要把帽子朝她头上戴去。

"别，别戴……"

她说着，显得有点不耐烦，略微抬起了身子，像是要躲避。然后，她仿佛在赔不是，勉强地笑了笑，又蓦地想起了什么似的，用略显瘦弱的手，拢了拢有点凌乱的头发。她若无其事、毫不做作地用手拢头发的动作，简直像是在抚摩我似的，让我感受到了一种几乎叫人喘不过气来的性魅力。我不由得将目光从她的身上移开……

不久，我把方才一直拿在手中摆弄的她的那顶帽子，轻轻放到了旁边的梳妆台上。突然，我像想起了什么似的不再吭声，目光依旧没有回到她身上。

"你不高兴啦？"她忽然抬起头凝望着我，担心地问道。

"没有哇。"我终于重又将目光朝向了她，然后冷不防冒出了一句，"刚才听你爸爸说，你果真想去疗养院啦？"

"是的。因为这样待着，不知什么时候才会好起来。只要能快快好起来，不管什么地方我都去。不过……"

"怎么啦？你想说什么呀？"

"没什么。"

"没什么你也说说看嘛。你死活也不说的话，那我来替你说好吗？你是想让我也一起去吧。"

"不是这么回事呀。"节子骤然打断了我的话。

可是，我并不介意她的阻拦，继续往下说。但语气与开始时不一样，渐渐地变得正儿八经起来，还带有几分不安。

"不，即便你叫我别去，我也肯定会去的。我呀，有这样一种想法，一直萦绕在心头……还在我们这样待在一起之前，我就曾经梦想着，和一个像你这样可爱的姑娘，去某个人迹罕至的山里，就两个人过日子。我记得在很久之前，我曾将我这样的梦想，对你和盘托出过。哎，说到那山中的小木屋，你曾经问我，在那样的山里，我们两个人能一起过日子吗？你那时露出的，是天真无邪的笑吧……说实在的，这次你说要去疗养院，我以为肯定是这些话儿在不知不觉中打动了你的心……你觉得我说得对吗？"

节子竭力保持着微笑，默默地听完了我的这番话。

"你的这些话儿，我都不记得喽。"节子说得很干脆。然后，她用像是反过来安慰我似的目光，定定地看着我说："你经常会冒出些叫人摸不着头脑的想法来呀……"

几分钟后，我们俩都显露出好像什么事情都没有发生过似的神情，饶有兴趣地眺望着法式落地玻璃门外的草坪。草坪已是绿茸茸的一片，到处都有热气在蒸腾。

到了四月份，节子的病仿佛在一步一步朝恢复期靠拢。这种趋势越是迟缓，通往恢复期的令人焦急的步伐，反倒显得越是确实可靠似的。我们甚至感到了一种不可名状的希望。

就在这样的一天下午，我去了节子家。恰巧节子的父亲出去了，只有节子一个人在病房里。那天，节子的心情似乎非常好，她没有穿几乎总是穿在身上的睡衣，而是很难得地换上了一件天蓝色的衬衫。我一看见穿着衬衫的她，就无论如何想把她拉到院子里去。院子里虽然稍稍有点风，但连这风也是柔柔的，令人心旷神怡。节子有点缺乏自信地笑了笑，但最终还是依从了我。于是，她将手搭在我的肩头，提心吊胆地迈开步子，战战兢兢地走出法式落地玻璃门来到草坪上。我们沿着树篱，朝枝叶扶疏的花丛走去。花丛中混杂着各色国外品种的花卉，枝桠纵横交错，显得有些芜杂。在这繁茂的花丛上，到处都挺立着白色、黄色、浅紫色的小花蕾，正含苞待放。我在一棵茂密的植株前站住脚，蓦然回想起节子曾经告诉过我这花叫什么来着，估摸是在去年秋天吧。

"这是紫丁香吧？"我转向节子，随口问了一句。

"这可能不是紫丁香吧。"节子仍然把手轻轻地搭在我的肩头，稍稍有点愧疚似的回答说。

"哎……那你以前是误导我喽？"

"误导什么的，你可扯远啦。我也是听那个送我花的人说的。不过，这花也不是什么名贵之花。"

"哎呀，眼看花都要开啦，你才吐露这些！看来，那边的花也肯定是……"

我指着旁边那棵茂密的植株，问道："那个，你当时说什么来着？"

"金雀花吧？"节子接过话茬说。随即，我们便来到了金雀花丛前。"这棵金雀花可是真的呀。你瞧，花蕾有黄色和白色两种，对吗？这白色的据说很少见……是老爸引以为傲的……"

在这样的闲扯中，节子始终将手搭在我的肩上，偎依着我。与其说是累了，倒像是沉醉了。在此后的一段时间里，我们谁也没有说话。仿佛这样的默然相对，就能够尽可能多地挽留住这鲜花般美丽芬芳的人生似的。对面树篱的间隙中，时不时会有微风吹到我们面前的花丛来，就像是在不断地憋气、舒气似的。风儿微微地托着叶片，掠过了花丛。唯有我们俩依然偎依着，站在金雀花丛前。

突然，节子将脸贴在一直搭在我肩头的自己的手心上。我发觉，她心脏的搏动，似乎要比平素猛烈。

"累啦？"我和颜悦色地问节子。

"不。"节子轻声答道。可是，我却愈来愈感觉到，她那压在我肩头的分量，正在逐渐增加。

"我身体这么虚弱。对你，我总觉得有点过意不去……"节子嘟哝着。她的话，与其说是我听到的，毋宁说是感觉到的。

"你这么孱弱，比起正常的你来，更让我怜悯。你为什么就不明白这一点呢……"我在心里焦急地开导她，可是在表面上，我故意装出什么都没有听见的样子，一动不动地伫立着。这时，节子突然将脖子往后一仰，抬起了头，然后甚至将手也慢慢地从我的肩头撤走了。

"为什么我近来会变得如此懦弱呀？前些日子，不管病有多重，我也毫不在乎……"她用微弱的声音，自言自语似的嗫嚅着。接下去，她不再吭声，令人好生担心。少顷，节子冷不丁抬起头，直愣愣地凝视着我。随即，她再次低下头去，用多少带点兴奋的中音说："我不由得突然想活下去了……"

然后，她又用低到几乎听不清的声音补充了一句："因为有你在……"

"起风了，只能好好活下去啊！"这句诗，是早在两年前我们俩第一次相遇的那个夏天，我不经意间脱口吟咏出来的。此后有一段时间，我也没来由地喜欢吟诵它。

那些过早地品尝到的，比人生本身更富于生气，更叫人依恋得喘不过气来的快乐日子，竟然让这句忘却已久的诗，重又在我俩的心头悄然复苏。

我们开始为月底即将前往的、位于八岳山麓的疗养院做准备。我与那家疗养院的院长有过一面之交。我决定在陪同节子去疗养院之前，抓住院长有时来东京的机会，请他给节子看一次病。

有一天，我好不容易请那位院长来到地处郊区的节子家，请他给节子做了初次诊断。"估计没什么大碍。嘿，你就来山里坚持一两个年头吧。"诊断结束后，院长对我们撂下这句话，就急匆匆地要回去了。我将院长一直送到了火车站。其实，我是想请他更为明确地谈谈节子的病情，哪怕只说给我一个人听。

"不过，这些话你可不能告诉病人哪。她父亲那里，我想过些日子详细跟他说。"院长面有难色地作过交代后，将节子的病情一五一十地对我做了说明。

然后，他谛视着一声不响地在聆听他做说明的我，怜悯地说："你的脸色也相当不好啊。我顺便也给你检查一下身体吧。"

从火车站回来后，我再次来到节子的病房。节子仍然躺着，节子的父亲照旧陪伴在侧，开始和节子商议动身去疗养院的日期这些事。我愁眉不展地加入到商议中。

"不过……"节子父亲好像想起了什么似的，站起身来，"都已经恢复到这种程度了，要不就去疗养一个夏天吧。"节子的父亲心怀疑虑地说，随即离开了病房。

屋里就只剩下我和节子，我们俩谁也没有做声。这是个充满了春天气息的黄昏。从方才起，我就仿佛觉得头有点痛，谁知道这会儿越来越难受了，所以我就悄没声儿地站起身，朝落地玻璃门走去。我把其中的一扇门打开一半，将身子靠了上去。我就这样倚靠着玻璃门发了会儿呆，几乎不知道自己在想些什么。我怔怔地望着眼前已经为一片薄薄的暮霭所笼罩的花丛，心里思忖："多好闻的香味呀！不知道是什么花儿散发出来的。"

"你在干吗？"

身后响起节子稍稍有点嘶哑的声音，猛地将我从这样的一种近乎失神的状态唤回到现实中。我没有转过身去。

"我在考虑你，考虑山里的疗养院，还有我们俩将要在那里开始的生活啊……"我断断续续地说着，语气有点做作，仿佛在说假话。可是这么说着说着，我不禁觉得，我适才好像真的在考虑这些似的。"到了那里以后，估摸真的会发生各种各样的事情。不过，人生呢，还是一切任其摆布为好，一如你始终在做的那样。倘若做到了这一点，我们也许将会获得我们不敢指望的东西吧……"

我内心都已经考虑到了这一层，可我自己对此却毫无觉察。我反而被那些显得无足轻重、七零八碎的印象完全迷住了心窍……

院子里还是半明半暗的，可是留神一看，屋里已经变得黑黝黝的。

"我来开灯好吗？"我立刻打起精神问道。

"请你暂时别开……"节子答道，声音比方才更嘶哑。

一时间，我们俩都默然不语。

"我觉得有点憋气，那青草的味儿太浓了……"

"那我把这扇门也关上吧。"

我声音凄切地应道，随即握住门的把手，想把门关上。

"你……"此刻节子的声音，听上去似乎不像孩子，"刚才在掉眼泪吧？"

我一惊，猛地回过头去："我怎么会掉眼泪呢？！……你瞅瞅我。"

节子躺在床上，也不想回过头来。屋里虽然黑黢黢的看得不太真切，可我发现节子一动不动地好像在凝眸眺望着什么。不过当我忐忑不安地循着她的目光定睛望去时，她原来只是在发愣。

"我也知道……刚才院长对你说了些什么……"

我想马上接过话茬，可是一时竟说不出话来。我只是悄没声息地轻轻关上门，再次凝望暮色笼罩着的院子。

没过多久，我听到节子像是在我的背后长叹了一声。

"对不起。"她终于这么说了一句。那声音还略微有点发颤，不过比方才要平静许多，"请你不要对这种事情上心哟……我们今后真的要尽可能好好地活下去……"

我别过头去，发现她悄悄地将指尖按在大眼角上，一直没有移开。

四月下旬的一个多云的早晨，节子父亲送我们俩去了火车站。我们俩在他面前显得美滋滋的，简直像是要出发去蜜月旅行似的。我们乘上了驶往山区的那趟火车的二等车厢。少时，火车徐徐驶离站台，撇下了节子父亲孤零零一个人。节子父亲站在那里，努力保持泰然自若的神态，只是脊背稍稍向前弯曲着，仿佛一下子衰老了许多……

　　火车完全驶离站台后，我们便关上车窗，脸上迅速显露出孤寂的神情，在二等车厢一角的空位上落了座。我们把膝盖紧紧挨在一起，仿佛想要以此来相互温暖对方的心……

起风了

  我们乘坐的火车，几次三番地一会儿翻山越岭，一会儿沿着深邃的峡谷奔驰。眼前豁然开朗，来到一块栽种着许许多多葡萄的台地。花很长时间穿过这块台地后，火车终于朝着山区开始执拗地、没完没了似的攀登。这时，云层压得更低了，刚才还密密匝匝布满天空的乌云，不知何时开始离散飘动起来，像是要对准我们的脑袋猛扑过来似的。气温迅速下降，开始有点寒气逼人。我竖起上衣领子，不安地端详着节子的脸庞。此刻的节子，正闭着眼睛将身子蜷缩在披肩里。她脸上显露的与其说是疲乏，倒不如说是有点兴奋。节子时不时迷迷糊糊地睁开眼睛，瞅我一眼。起先，每当我俩目光相遇时，我们都会朝对方莞尔一笑。可是到后来，彼此之间只是有点担心似的对视一眼，随即，便避开了对方的目光。接下去，节子又会重新闭上眼睛。

"总觉得身子好冷哪，看来要下雪了吧。"

"这都已经四月份了，还会下什么雪？"

"噢，这一带可未必不会下。"

我注视着车窗外。虽说还只是下午三点左右，窗外却已经变得灰蒙蒙的。在无数叶子已经掉光的落叶松中，不时显现出冷杉黑漆漆的身影。我意识到，火车正行驶在八岳山麓。可是理应映入眼帘的山峦，此刻却不见了踪影……

火车在山脚下的一座小车站停了下来，这车站看上去和贮藏室相去无几。车站上有个身穿印有高原疗养院标记的号衣、上了点年纪的勤杂人员在迎候我们。

车站前，有辆又旧又小的汽车等在那里。我用手臂扶着节子朝汽车走去。我手臂能感觉到，她走起路来有点蹒跚，我却装出一副懵然无知的样子。

"你累了吧。"

"也没什么呀。"

有几个人和我们一起下了车，看上去是当地人。他们见了这样一问一答的我俩，好像在我们身旁嘀咕了什么。就在我们钻入汽车的当口，那些刚下车的人，很快就和其他村民混杂在一起，变得难以分辨，随即消失在了村子里。

我们乘坐的汽车，穿过由一溜儿破旧的房舍组成的村庄后，就来到一片崎岖不平的斜坡前。这片斜坡茫无涯际，估摸会一直延伸到无法望见的八岳山巅。这时，我们面前出现了一组巨大的建筑——红色的屋顶，主楼加上好几栋翼楼，背后是一片杂树林。

"就是那里吧。"我嘀咕了一句，同时感受到汽车开始爬坡。

　　节子只是略微抬起头，用有点惴惴不安的目光，心不在焉地瞥了一眼。

　　抵达疗养院后，安排我们住进最后一栋住院楼的一号病房，后面紧挨着杂树林。接受过简单的检查后，院方关照节子立刻卧床休息。病房的地上铺着油毡，床、桌、椅都涂上了雪白的油漆。除此之外，就是勤杂人员刚送来的几个行李箱。当病房里只剩下我们两个人时，我心里还是七上八下的。我无意中闯进专为陪护人员准备的小房间。我迷迷糊糊地环视着这间一切都暴露无遗的病房，好几次还走近窗口，抬头观望天色。风儿费劲地拖着厚重的乌云，有时又会从后面的杂树林中，传来一声尖锐的呼啸。我哆嗦着去了一趟阳台。阳台犹如一条长廊，一直通往另一端的病房。因为阳台上阒无人影，所以我就随意地一个病房接着一个病房窥视了过去。我从第四间病房半开的窗户望进去，发现里面恰好躺着一个病人，于是赶紧折了回来。

灯终于亮了。接着，我们俩就面对面地坐下来，开始吃护士送过来的晚饭。作为就我们两个人第一次共进的晚餐，这顿饭稍稍吃得有点冷清。吃饭时，由于外面已经一片漆黑，所以我们并没觉察到发生了什么事。只是不知怎么的周围突然安静了下来，我们这才发觉好像开始下雪了。

我站起身来，将半开的窗户再关小，然后将脸贴在窗玻璃上，长时间地眺望外面纷纷扬扬的雪花。结果，窗玻璃因为我的呼气而变得模糊了。我意犹未尽地离开窗户，转过身对节子说："我说呀，你为何要来这样的……"

节子躺在床上，像是辩白似的，抬头瞅着我。然后将手指竖在嘴唇前，不让我把话说下去。

八岳山脚下红褐色的原野一望无际，疗养院就坐落在其坡度行将变缓的地方。疗养院坐北朝南,除主楼之外,还有几栋平行的翼楼。山脚下,有着一定坡度的原野不断延伸着,有二三个小村子,整个儿建在斜坡上。最后,这倾斜的原野,在无数黛绿色松树的覆盖下,消失在了看不见的峡谷中。

疗养院的阳台在南侧。从阳台上望出去,那些斜坡上的村庄及其红褐色的耕地历历在目。村庄和耕地的四周,是茫无涯际的松树林。如果是晴空万里的日子,在这松树林的上方,南阿尔卑斯山脉及其两三条支脉,由南往西,就会在从其自身的峡谷中升腾起来的云雾中时隐时现。

抵达疗养院的第二天早晨,当我在自己的小房间中醒来时,没承想会发现近在咫尺的小窗口上,出现了湛蓝的晴空和几座雪白的、宛若鸡冠的山峰,仿佛是从什么地方突然冒出来似的。躺在床上就无法望见的阳台和屋顶上的积雪,一经翩然而至的春天阳光照射，似乎正在不断地冒着水蒸气。

我有点睡过了头，便一骨碌从床上爬起来，走进隔壁的病房。节子已经醒来，全身裹着毛毯，脸上红扑扑的。

"早哇。"我感到自己的脸也和节子一样，变得热乎乎的。我故作轻松地问道，"睡得好吗？"

"嗯。"她朝我点点头，说，"昨晚我吃了安眠药，现在头稍微有点疼。"

我并不理会她的话，径直精神十足地将窗户、还有通往阳台的玻璃门统统来了个大敞开。耀眼的阳光，使眼睛一时间几乎什么都看不见了。少顷，等眼睛逐渐适应后，我发现从阳台、屋顶、原野，甚至还有树木的积雪上，都有水蒸气在轻飘飘地升腾。

"我还做了个很奇怪的梦，你要不要……"节子在我的背后对我说。

我立刻觉察出，她似乎想把某件难以和盘托出的事情，硬是要告诉我。每当这种时候，她的声音就会变得有点嘶哑。此刻，她的声音也有点嘶哑。

这次，轮到我转过身去，将手指竖在嘴唇前，阻止她继续把话说下去……

少顷，护士长急急巴巴而又和颜悦色地走进病房。她每天早晨就是这样走进一个个病房，探视每个患者的。

"昨晚您休息得好吗？"护士长爽快地问道。

节子一言不发，老老实实地点了点头。

这样的山区疗养院的生活，自然而然地带有特殊的人性——因为一般人认为，到了这种地方，那就陷入绝境了。我在心里模模糊糊地开始意识到这种迄今一无所知的人性，是在入院后不久我被院长叫到诊疗室去，给看了节子患部的 X 光片之后。

为了让我看得清楚些，院长将我带到窗户边，把那张 X 光片朝着阳光，对我一一进行了说明。在右胸部，可以清晰地看到几根白白的肋骨。而在左胸部，则几乎完全看不到肋骨之类，能看到的只是一个很大的病灶，宛如一朵灰不溜丢的怪异的花朵。

"病灶要比想象中的大呀！……我可没有想到都已经这么严重啦……照这样看，她也许算得上是我们疗养院中排名第二的重症患者喽……"

在从诊疗室回病房的路上，我仿佛觉得适才院长的话，犹在我耳畔回响。我有点像一个失去了思考能力的人似的，怎么也无法将院长的那番话，与方才看到的那朵灰不溜丢的怪异花朵联系在一起。在我的意识里，唯有这朵花显得很清晰。与我擦肩而过的身穿白大褂的护士也好，已经在阳台上这儿那儿裸露肌肤晒起日光浴来的患者也好，住院大楼里的喧嚣也好，还有小鸟的啁啾啼啭也好，都变得与我了不相涉。我终于迈入离诊疗室最远的那栋住院楼，机械地放慢脚步，准备跨上通往二楼的楼梯——我们的病房就在那二楼。正在这个时候，我听见从紧挨着楼梯的一间病房中，传来了一阵异乎寻常的干咳声。这干咳声令人毛骨悚然，是我从未听到过的。"哟，这儿也有患者呀。"我心里咯噔了一下，只是怔怔地盯着门上的数字——No.17。

就这样，我们俩有点与众不同的爱情生活开始了。

节子自住院以来，遵照"静养"这一医嘱，一直躺在床上。因此之故，与住院前心情好的时候就尽可能下地活动的她相比，反而更像一个病人了。不过并不能认为，她的疾患本身已经恶化。医生们也似乎始终把她作为一个很快就会痊愈的患者在对待。院一级的领导们，甚至开玩笑似的说："这么着，我们就能活捉病魔啦。"

季节的更迭近来明显加快了步伐，像是要把前阶段稍稍耽搁掉的时间，给抓回来似的。春天和夏天，几乎是同时赶到的。每天清晨，黄莺和杜鹃的啼鸣，就会将我们从睡梦中唤醒。而在此后的几乎一整天时间里，周遭树林的新绿，就会从四面八方向疗养院袭来，甚至把病房都染成了令人赏心悦目的颜色。在那些日子里，就连每天早晨从群山中冉冉升起的白云，到了傍晚仿佛也会再次回到山里去似的。

每当我想回忆我们最初一起度过的那些日子，想回忆我几乎如影随形般地守候在节子枕边的那些日子时，由于这些日子大同小异，又由于这些日子不无魅力却平淡无奇，我都快分不清哪些日子在先，哪些日子在后了。

我们甚至觉得，在日复一日地过着这些几乎雷同的日子的过程中，我们不知何时仿佛已经完全忘却了时间这个概念。而在完全忘却时间这个概念的日子里，我们日常生活中不管什么样的细枝末节，都一一开始具有与以往迥异的魅力。近在咫尺的这个温暖而馨香的存在，她那略微有点急促的呼吸，常常与我十指相扣的柔软的手，她那莞尔而笑，还有时不时和我进行的稀松平常的交谈，要是撇开这些，那剩下的就是空洞平淡的日子了。我们的人生，就其基本构成来看，其实就是这些。而仅仅这些细枝末节之所以能让我们如此满足，那正是因为这些都是我与这个女性一起经历的。

要说在这些日子中，唯一称得上是事情的，那就是她偶尔会发烧。这偶尔的发烧，无疑使她的身体一点点趋于衰弱。可是，在这样的日子里，由于我们偷食禁果般地试图更加仔细、更加缓慢地品尝一成不变的日常活动的魅力，所以我们那带有些许死亡阴影的生之幸福，这时就被保存在了更为完整的状态之中。

有一天傍晚，我从阳台上，而节子则是从床上，我们俩都如痴如醉地眺望着红日西坠的美景：夕阳刚坠入山梁后面，在夕阳的余晖中，疗养院周边的山峦、丘陵、松林和坡田，一半呈现出鲜亮的枣红色，一半正在逐渐蒙上暗淡的鼠灰色。不时会有小鸟冷不丁描着抛物线，朝森林上方飞去。我思忖着，像这样初夏向晚时分周边转瞬间出现的景色，虽然都是平素见惯的一幕，可是倘若不是此时此刻，估计我们是不可能以如此饱满的幸福感去欣赏的吧。我还想象着，若干年后的某一天，当这美丽的向晚景色在我的心头复苏时，我兴许还能找到完美的幸福场景吧。

"瞧你那副样子，在想些什么呀？"我的背后，终于传来了节子的声音。

"我在想，到了若干年之后啊，一旦回忆起我们现在的生活，那该有多美啊！"

"兴许真像你所说的呢。"节子接过我的话茬，她似乎很乐于附和我的观点。

接下去，我们谁都没有吭声，再次陶醉在与方才一样的落日美景中。可是在这一过程中，我不经意地产生了一种异常模糊、不着边际、还带点痛苦的感觉——我甚至分不清这样陶醉在落日美景中的，究竟是不是自己。这时，我恍惚听到背后传来了一声长长的叹息。可是我又觉得，这声叹息好像是我自己发出的。我朝节子回过头去，像是要寻找答案似的。

"你那么对现在的……"节子定定地看着我，用稍稍有点嘶哑的声音说道。可是说到一半，她像是犹豫了一下，随即换成一种一吐为快的口吻接着说，"要是能那样一直活下去，那就好啦。"

"你怎么又说这种话啦！"

我焦急地叫了起来，但声音压得低低的。

"对不起。"节子这么简单地回答了一句，就别过头去，不再瞅我。

直到刚才为止连我自己也说不清道不明的心情，仿佛逐渐变成了一种焦灼。我再次抬眼望了望远山。夕阳投射在山峦、树林上瞬间呈现出来的异乎寻常的美，此刻已经不复存在。

当天晚上，当我正要去小房间就寝时，节子叫住了我。

"刚才对不起啦。"

"不用对不起!"

"我呀,当时原本是想说别的话的……不经意间,竟说出了那样的话。"

"那你当时想说什么话啊?"

"我记得你曾经说过,当哪一天觉得自然真的很美时,那就表明此人即将去见上帝了……我当时是想起了你说的这句话。我总觉得,那时红日西坠的美景,应验了你说的话。"节子说着,一边脉脉地注视着我,仿佛想诉说些什么似的。

她的话,好像刺痛了我的心,我禁不住垂下了眼睛。这时,有个想法忽地掠过了我的脑际。而从刚才起一直让我感到焦躁不安的某种不可名状的情愫,终于在我的心头变得清晰起来了……"嗳,我为何没有理会到节子呢?当时觉得大自然是那么美的可不是我一个人,而是我们两个人。其实,那是节子的魂魄通过我的眼睛，而且只按照我的做派在悬想而已……可是，我并不知道节子是在悬想自己的最后时刻，我还自说自话地想象着我们俩白头偕老的情景呢……"

我不知不觉地这么思前想后着。节子还是跟方才一样，一动不动地注视着我，直到我终于抬起头来。我避开她的目光，躬身轻吻了一下她的额头。我打心眼里觉得羞愧难当……

终于进入了盛夏，山里要比平原地区更为燠热难当。在疗养院背后的杂树林里，蝉儿整日价叫个不停，就像有什么东西在猛烈燃烧似的。还有树脂的气味，也从敞开着的窗户飘了进来。一到傍晚，为了能在室外呼吸得顺畅一点，许多患者让人将床拖到阳台上。看到这么多的患者我们才知道，近来疗养院里患者人数增加了不少。不过，我们依然我行我素，继续生活在二人世界里。

近来，节子由于天气炎热，一点都吃不下东西。中午和晚上，也经常睡不安生。为了保证她的午睡，我对于走廊上的脚步声和从窗户飞进来的蜜蜂、牛虻之类，比以前更上心了。由于天气炎热，我自己的呼吸想不到也变得有点喘吁吁的。对此，我亦感到很烦躁。

　　像这样屏气敛息地待在节子的枕边守候着睡梦中的她，在我也是一种假寐。但我分明能感受到她在睡眠中呼吸的变化——忽而急促，忽而舒缓。我的心脏，甚至在和她一起搏动。她好像不时会遭到轻度呼吸困难的侵扰。这种时候，她便会将微微颤抖着的手，放到自己的咽喉处，仿佛要抵御这种侵扰似的。我思量她也许在做噩梦，对是否把她叫醒颇费踌躇。少顷，她的痛苦状态消失，随之出现软绵无力的状态。我不禁长长地舒了口气。瞅着她此刻平稳匀实的呼吸，我甚至产生了一种快感。等到她一醒过来，我便轻柔地吻了她的头发。节子抬眼望着我，眼神中残留着倦意。

"你一直待在我床边？"

"哦，我也在这儿稍微打了个盹。"

在这样的夜晚，我自己有时也会久久不能成眠。这时，我不知不觉中便会模仿节子的动作：将手伸到咽喉处，仿佛要将喉咙按住，这似乎已经成了一个习惯性动作。当我意识到这一点时，我每每真的会感到呼吸很困难。不过，这对于我来说，反倒是一件乐事。

"最近，你脸色好像不佳呀！"有一天，节子端详着我这么说，目光要比平素专注，"莫非有哪儿不舒服？"

"没什么呀。"她这么关心我，让我感到很称心，"我不是一直这个样吗？"

"不要老待在我这个病人身旁，你也应该出去散散步啊。"

"这么热，哪能出去散步啊？……而晚上又黑灯瞎火的……何况，我每天都在疗养院里跑东跑西的。"

为了不再把这样的对话继续下去，我就转而谈起每天都会在走廊那些地方遇见的其他患者来。我告诉她说：有好几个十多岁的小患者，经常聚集在阳台边，将天空比作赛马场，将漂浮的云彩比作各种各样在玩儿的动物。还有个神经衰弱相当严重、个子高得吓人的患者，总是拽着贴身护士的手臂，在走廊上漫无目的地走来走去。不过唯有17号病房的那个患者，我竭力避而不谈。那个患者我一次也没有见到过，而每次打他的病房前走过时，总能听到令人不寒而栗的咳嗽声。我认为，那个患者估计是这家疗养院里病情最严重的吧……

虽然八月份也终于临近月底，可是晚上还是一直叫人难以成眠。有一天晚上，正当我们辗转难眠之际（都早已过了规定的九点的就寝时间），下面那栋与我们这栋相距甚远的住院楼，不知何故传来了一阵喧嚷声，其中还不时夹杂着人们疾步通过走廊的脚步声，护士们压低声音的呼叫声和医疗器械尖利的碰撞声。我紧张地侧耳细听着。不一会儿，那儿总算安静了下来。几乎与此同时，各栋住院楼都响起了与那栋楼一样的闷声闷气的喧嚣声。而最后，连我们病房的下方，也传来了这样的声响。

我大体上知晓，刚刚犹如暴风骤雨般席卷整个疗养院的是什么。其间，我有好几次竖起耳朵，仔细聆听大房间里节子的动静。从方才起，节子的房间就已经熄灯，但和我一样，她好像也没有睡着。节子似乎连身也不翻，一动不动地躺在那里。我也屏息敛气，一动不动地躺着，等待那响彻整个疗养院的、压抑的喧嚣声，自然而然地平息下去。

好像直到午夜，这喧嚣声才开始平息。我不禁舒了口气，感觉有点困倦。突然，从隔壁大房间，传来了两三声剧烈的、过敏性的咳嗽声，显然，这咳嗽声方才一直被强忍着。我一下子清醒了过来，而隔壁就再也没有响起咳嗽声。我心里直打鼓，便悄没声儿地进入隔壁节子的房间。房间里黑糊糊的，只见形单影只的节子，怯生生地睁大眼睛看着我。我闷不作声地走到她的床边。

"我还挺得住哟。"

节子勉强笑着，用我勉强听得见的声音说。我还是默然不语，在她的床沿坐了下来。

"请你就待在这里。"

节子异乎寻常怯声怯气地对我说。我们俩就这么一夜未曾合上眼。

这一夜以后又过了两三天，夏天便很快风光不再了。

一进入九月份，下了几场势头像是暴风雨前奏的阵雨。不久，这阵雨就变成了连下几天的霖雨。这雨水仿佛要在树叶变黄之前，先让它们腐烂似的。

处于绵绵秋雨中的疗养院，所有的病房每天窗户紧闭，屋子里黑糊糊的。风时不时吹得门窗乒乓作响；当掠过疗养院后面的杂树林时，林子就会发出一阵阵单调的、像是呜咽的声音。在没有风的日子里，我们就整日价听着雨水沿着屋顶淌到阳台上的滴答声。有一天早晨，霖雨总算变成了烟雾般的牛毛细雨，我从病房的窗户，怔怔地俯视着阳台下方狭长的中庭。中庭似乎稍稍亮堂了些。这时，我看见有个护士在烟雾般的牛毛细雨中，一边采撷开满中庭的野菊花和大波斯菊，一边朝这边走来。我看出她就是17号病房的贴身护士。"噢，那个老是发出令人毛骨悚然的咳嗽声的患者，也许一命呜呼了吧。"我蓦然这么想。在凝望着那个虽然身上已被烟雨打湿，但还是喜滋滋地在采撷花朵的护士的过程中，我仿佛觉得我的心突然被什么东西扎了一下。"这里病情最严重的，就是那个家伙了吧？那个家伙要是果真死了，那下一个就该……啊，院长倘若没有跟我说过那番话，该有多好哇……"

楼下的那个护士，捧着一大束鲜花，消失在了阳台下面。可我仍出神地将脸紧贴在窗玻璃上。

"你表情那么奇怪，在看什么呀？"节子在病床上问我。

"在这样的绵绵细雨中，刚才有个护士在采花呢。她会是谁呢？"

我自言自语似的咕哝着，终于离开了窗户。

可是那天不知为什么，我一整天始终未能从正面看过节子的脸。我甚至觉得，节子其实什么都了然于胸，却故意装出一副懵然无知的样子，不时在聚精会神地注视着我，这更让我感到很痛苦。两个人像这样开始抱有无法相互分担的不安和恐惧，渐渐地心不往一处想，那是要不得的。每当我想到这一点，我就尽力想把它快快忘掉。可是不知不觉间，满脑子想的又是它。到头来，我居然突然想起节子在抵达这家疗养院的当晚所做的那个不祥的梦。那晚下雪了，节子做了个梦。起初我并不想打听她做了什么梦，可是后来我终于改了主意，还是向她打听了。那个梦我听过后，也就淡忘了。在那个怪异的梦中，节子成了一具躺在棺材里的尸体。人们抬着那口棺材，一会儿穿过一片陌生的原野，一会儿又进入了森林。可是，按说已经死去的她，却从棺材中真切地看到了隆冬腊月草木已完全枯萎的田野，和黛绿色的冷杉之类，还亲耳听到从田野和冷杉上空孤寂地刮过的风声。从这不祥的梦中醒来后，节子觉得自己的耳朵非常冷，而且还能清晰地听到冷杉枝桠的萧瑟声……

这烟雾般的蒙蒙细雨，又连续下了好几天。其间，季节已经更替了一次。留意一看，疗养院重又回复到夏天之前的冷清。夏天时那么多的患者，已一个个离去，如今只剩下非得在这儿过冬的重病号们。

而17号病房那个患者的死，陡然使疗养院冷清的氛围，变得更加浓重。

九月底的一个早晨，我不经意间从走廊北侧的窗户，往疗养院后面的杂树林瞥了一眼，发觉情况有点异样：在那片晨雾笼罩着的树林中，异乎寻常地有很多人在进进出出。问了几位护士，也都是一无所知的神情。我就把这事给忘了。可是第二天一大早，我在晨雾中隐约看到，又来了两三个小工，开始砍伐山岗边上像是板栗树的树木。

当天，我偶尔获悉这件发生在前一天、患者中似乎尚无人知晓的事情。原来，先前那个挺吓人的神经衰弱患者，在那片树林中上吊自杀了。我这才意识到，有时一天中会遇见好多次的那个拽住贴身护士的手臂在走廊上走来走去的高个子，果然从昨天起，就忽地没了踪影。

"这回轮到他了？"自从17号病房的患者死去以后，我就变得相当神经质。而由于这起在一周不到的时间里相继发生的令人意想不到的死亡事件，我不禁觉得心里清爽了许多。甚至可以这么说，从这起悲惨的自杀事件中我必定会感受到的惊骇，竟然因此而几乎感受不到了。

"因为即便说病情的严重程度，排在前几天死去的那个家伙之后，那也未必就会死去呀！"我轻松地这么告诉自己。

疗养院背后林子里的板栗树，被砍掉了两三棵，形成了一个豁口。小工们接下去就刨山岗边上的泥土，经过一段陡坡，运往住院楼北侧的一块巴掌大的空地上。他们的工作是将住院楼北侧改造成缓坡，作为花坛使用。

"你爸爸来信啦！"

我从护士递给我的一叠信件中，抽出一封交给节子。节子躺在床上接过信，立刻像少女似的两眼放光，开始阅读。

"哎哟，爸爸说他要过来。"

节子父亲在信中说，正在旅途中的他，预备在归途中到疗养院弯一下。

这是十月的一个天气晴朗、但风有点大的日子。节子因为近来一直卧床不起，所以食欲减退，面容清癯。自从接到父亲的来信后，她便努力进食，常常半卧或坐在床上，还时不时显露出像是回忆起什么似的笑容。看得出来，这是她平素唯有在父亲面前才会显露出来的少女般微笑的雏形。对于这样的节子，我采取听其自流的态度。

几天后的一个下午，节子的父亲来了。

他的容颜比以前见老了些，但更引人注目的是，他始终弓着背。这不由得让他显得对疗养院的氛围有点发怵。一进入病房，节子的父亲便往我平素老坐的那个地方——节子的枕边一坐。节子这几天身体活动得也许过了头，昨天傍晚有点发烧。遵照医嘱，她从早晨起，就只能嗒然若失地躺在床上。

节子的父亲似乎一个心眼儿地认为，节子已快痊愈了，可眼看她还一直躺在床上，便显得有点担心。他像是要查找个中原因似的，仔细地环视病房，两眼紧盯着护士们的每一个动作，还走到阳台上察看。而这一切，好像都让他感到很满意。其间，节子由于兴奋——主要是由于发烧，面颊上渐渐泛出红晕。"不过，脸色倒还挺不错。"见到这个红晕，节子的父亲反复说着这句话。他仿佛要让自己相信，女儿已有所好转。

接着，我借口有事要办离开了病房，让他们父女俩单独相处。不一会儿，当我重又回到病房，见节子已经坐在了病床上。而被罩上摊满了她父亲带来的盒装糕点和其他用精美的包装纸包裹的物品。这些好像都是她少女时代喜欢的、她父亲认为如今还喜欢着的物品。一看见我进来，节子犹如一个搞恶作剧被人逮了个正着的少女，腾地涨红了脸，慌忙收拾起这些物品，立刻躺了下去。

我有点不尴不尬，便坐到离他俩稍远的椅子上。他们父女俩继续进行因为我而中断的交谈，不过压低了声音。他们交谈的内容，多数涉及我不甚了了的他们熟识的人和事。其中的某些事情，好像甚至给了她我无从知晓的小小感动。

我看着他们父女俩欢快的交谈，就像在观赏一幅亲子团圆的图画。而从节子与父亲交谈时的表情和语调中，我发现她重又显露出某种少女特有的神采。她那孩子般的幸福模样，让我在心中描绘着我还一无所知的她的少女时代……

趁屋里就剩我们两个人，我走到节子身边，凑近她耳朵取笑道：

"我有点不认识你了。你今天可是成了个光彩照人的少女啦。"

"我听不懂你在说些什么。"节子宛若少女似的，用双手捂住了脸。

＊　　＊　　＊

节子的父亲在疗养院里待了两天，便回去了。

临走前，他让我做他的向导，在疗养院周围兜了一圈。而他的目的，其实是想和我单独谈一谈。那是个天空一碧如洗、万里无云的日子。八岳山的山体，呈现出平日少有的鲜明的红褐色。我遥指着八岳山脉向节子的父亲介绍着，可他只是抬头瞻望了一眼，便继续起劲地和我倾谈着。

"我觉得节子的身体怎么也不适合待在这里。都已经半年多了，好像应该再有点起色才是呀……"

"哎，今年夏天不是哪儿气候都不正常吗？而且据说这样的山区疗养院，冬天是不错的……"

"那兴许能坚持到冬天就不错啦……不过，节子她估计撑不到冬天了吧……"

"可是，她本人似乎打算冬天也待在这里呀！"我急于想让节子的父亲理解，这山里的孤寂是如何孕育我们俩的幸福的。可是一想到他为我们作出的牺牲，我实在难以明言。结果，我们俩老是话不投机。"我说呀，您难得来趟山里，不尽可能多待些日子吗？"

"……那你也和她一起待到冬天？"

"唉，那当然喽。"

"这真是太辛苦你啦……不过，你现在能工作吗？"

"不能……"

"可是你也不能老守候在病人身边，工作也应该稍微干一些呀。"

"噢，我今后会稍微……"我欲言又止。

——"对呀，我确实已经把自己的工作撂下好久啦。我现在得想方设法把工作也干起来。"想到这里，我不知怎么的心里觉得很憋闷。接下去，我和节子父亲默默地伫立在山岗上，凝眸仰望不知何时迅速地从西天扩展到了中天的鱼鳞云。

不一会儿，我们穿过叶子已经变黄的杂树林，从后面回到了疗养院。那天也有两三个小工在刨那个小山岗。打他们身旁走过时，我只是神态自若地说了一句："听说这儿要整个花坛。"

傍晚，我将节子父亲送到火车站。回到病房一看，节子正在床上侧着身子猛烈地咳嗽着。如此猛烈的咳嗽，迄今几乎一次也没有发生过。等咳嗽稍稍平息一点后，我问道：

"你怎么啦？"

"没什么……马上就会平息的。"节子好不容易回答了这些，"请给我弄点水。"

我将长颈瓶中的水，倒了些在玻璃杯里，递到她嘴边。节子喝了一口，咳嗽随即停歇了一会儿。可这种状态只持续了片刻，比方才更为猛烈的咳嗽，重又向她袭来。我对痛苦地扭动着身子的节子一筹莫展，只是俯身在她枕头边这么问道：

"我去叫护士好吗？"

"……"

猛烈的咳嗽虽然已经平息，可她的身体还是痛苦地扭动着。节子用双手掩住脸，只是点了点头。

我跑去叫护士。护士撇下我朝病房跑去，我紧跟其后进了病房。但见节子在护士双手的扶持下，已经恢复到略显舒服的姿势。她只是丧魂落魄似的呆愣愣地瞪着眼睛，猛烈的咳嗽像是暂时停息了。

护士一点点松开扶着她身体的手，说：

"已经不咳啦。你就这么好好待一会儿吧。"随即，便开始拾掇凌乱的毛毯等，"我这就去叫人来给你打针。"

我不知如何是好，呆若木鸡地站在门边。护士离开病房时，凑在我的耳边低声说了一句："痰中稍微带点血呢。"

我拖着沉重的步子，来到节子的枕边。

她虽然还是呆愣愣地瞪着眼睛，可是给人的感觉像是已经进入了睡乡。我将她凌乱的、有点拳曲的头发拢到苍白的额头上，同时用手稍稍抚摩了一下她那冷冰冰、汗津津的额头。她似乎终于在我的手上，感受到了我的温存，嘴角漾出一个谜一般的微笑。

* * *

节子日复一日躺在病床上，保持着绝对安静。

病房窗户上黄色的遮阳帘已全部放下，房间里显得半明不暗的。护士们走起路来都蹑着脚。我几乎须臾不离地伺候在她的床头，夜间陪护也由我一个人承担。节子时不时瞅着我，好像要对我说些什么。这种时候，我会立即将手指竖在嘴巴前，阻止她说话。

在这样的默然无语中，我们各自陷入了自己的沉思中。不过，对方在想些什么，我们相互间是能一清二楚地感受到的。我反复思忖着，这次咳嗽发作，似乎让我领悟到节子是在为我做出牺牲。我清楚地感受到，在此期间，病人节子则好像一直在为自己的草率而后悔。——由于自己的草率，刹那间毁坏了两个人迄今那么小心翼翼地培育起来的东西。

节子不以自己的牺牲为牺牲，唯独责备自己的草率。她的这种叫人爱怜的情怀，深深地刺痛了我的心。我一边让病人像是理所当然似的做出如此的牺牲，一边在不知何时将成为灵床的病床上，与病人愉快地品尝生之愉悦——我们相信，这正是让我们感到无上幸福的东西。它果真能让我们获得真正的满足吗？我们现在所认为的幸福，比起我们的向往来，难道不是更加短暂，更接近于心血来潮吗？……

因夜间陪护而困乏的我，坐在正打盹的节子旁边，翻来覆去思量着这些。近来让我感到忐忑不安的，是我们的幸福每每会受到某种东西的威胁。

可是，这种危机大约在一周后消失了。

一天早晨，护士终于过来取下遮阳帘，开了点窗。从窗户中射进来的秋天阳光，明晃晃的有点刺眼。

"心情好舒畅啊。"节子躺在床上，仿佛死而复生似的说道。

此刻，我正在她的枕边摊开报纸阅读着。令我感到惊讶的是，会使人产生强烈冲动的事情，当其过去后，不知何故，竟然反而显得像是别人家的事情似的。我瞅了节子一眼，情不自禁地以揶揄的口吻说道：

"爸爸要是再来，你还是别那么兴奋才好啊。"

节子有点脸红，乖乖地接受了我的揶揄。

"那下次老爸来，我就装聋作哑呗。"

"这个，你要是做得到嘛……"

我们就这样互开玩笑似的，相互抚慰着对方的心灵。同时，一起像孩子似的，把所有的责任都往她父亲身上推。

就这样，我们俩的心情坦白说真的变得很轻松，仿佛这一周来发生的事情，只不过是无足轻重的差池失误而已。直到适才为止，似乎还在肉体以及精神上袭击我们的危机，被我们从容不迫地闯过了。至少，在我们俩眼里是这样的……

有天晚上，我正在她身旁看书。猛可间我合上书，走到窗边，伫立在那里陷入了沉思。有顷，我重又回到她的身边，再次拿起书阅读起来。

"你怎么啦？"节子抬起头问我。

"没什么。"我随口回答说，装出被书本吸引住了的样子。可是随即，我还是开了腔：

"自打来这里后，我实在是啥都没有干。所以，我正在考虑，接下去是否该干点工作了。"

"是呀！你必须工作。我老爸担心的也是这一点哪。"节子一本正经地接过话茬，"别光为我考虑……"

"不，我想更多地为你考虑……"

这时，我的脑际突然浮现出某部小说中的一个模糊的观念，我立刻抓住了它，自言自语地接着说："我是准备把你写成小说呀。除此之外，似乎统统不在此时此刻的我的考虑范围之中。我们俩这样相互给予对方的幸福，这种建立在大家都不看好的基础上的生之愉悦，这种无人知晓，唯有我们俩心中有数的幸福，我想让它变得更为牢靠，更为看得见摸得着。你明白吗？"

"我明白。"她好像循着自己思路似的循着我的思路，随即应了一句，然后嘴角微微一歪笑了笑，像是小觑我似的补充说：

"写我，你爱怎么写就怎么写吧。"

然而，我以为她说的是真心话。

"噢，那当然我爱怎么写就怎么写喽。不过，这次写的东西，还得请你也多多帮忙啊。"

"我也能助你一臂之力？"

"噢，你呀，我希望你在我工作的时候，全身心地处于幸福状态。不然……"

我觉得很奇怪，与其一个人怔怔地思索，倒是像这样两个人一起考虑，我的思维反而更为活跃。我仿佛被接连不断涌现出来的思绪驱赶着似的，开始在病房里踅来踅去。

"因为你老待在病人的旁边，所以精神会萎靡的呀。你不稍微散散步吗？"

"嗯，我要是工作喽，"我两眼放光，精神饱满地回答说，"也要好好散散步啊。"

＊　　　＊　　　＊

我穿过了那片森林。隔着一大片沼泽，越过沼泽对面的那片森林，八岳山麓一望无际地展现在我的眼前。在远处几乎紧挨着那片森林的地方，横卧着一个狭长的村庄，以及那有些坡度的耕地。而耕地的一角，是好几栋红屋顶的建筑呈鸟儿展翅般排列的疗养院。远远望去，疗养院虽然显得小小的，但一目了然。

我从清晨起，就心不在焉地信步溜达着，全身心地投入到自己的沉思中，在一片片森林中持续徘徊着。此刻，秋天清亮透明的空气，出人意表地将远处小小的疗养院，冷不丁地推到了我的眼前。就在这疗养院冷不丁地进入我视野的那一刹那，我觉得自己仿佛猛可间走出了迷魂阵似的，第一次在远离疗养院的地方，开始思考起我和节子俩奇妙的生活来。在疗养院里，在众多病人的包围中，两个人泰然自若地过着每一天。从方才起，我心头涌起了强烈的创作欲。在这种创作欲的一阵紧似一阵的鼓动下，我将我们俩奇妙的每一天，编成了一个异常感人而又沉静的故事。"节子啊！我以前可没有想到，两个人竟能如此相爱。因为以前没有你，再说也没有我……"

我展开想象的翅膀，在发生于我们俩之间的各种各样物事上飞翔——有时一掠而过，有时则平静地停留在某处，长时间地犹豫着。此刻，我虽然离开节子很远，可是我在不断地跟她说话，还听到了她的回答。关于我们俩的故事，犹如生命本身，似乎永远不会终结。而不知什么时候，这个故事以其自身的力量存活了下来，不顾我的存在开始展开，还抛弃了动不动就在原地踏步的我。恰如故事本身想要得到这样的结局似的，杜撰出了患病女主人公悲怆的死。这个预感到自己不会久于人世，却使尽日见衰弱的力气，想要尽可能地活得开心，活得有尊严的姑娘，这个偎依在恋人的怀里，只为行将形单影只的恋人而悲伤，自己则幸福地死去的姑娘，这样一个姑娘的形象，历历如绘，清晰地浮现在我的眼前。

"一个男子，想让两个人的爱情变得更为纯洁，劝说病魔缠身的姑娘，住进了山里的疗养院。然而当死亡开始威胁到他俩时，男子逐渐怀疑：两个人想要获得的幸福，即便悉数到了手，究竟能否让自己心满意足呢？而那个姑娘对身处痛苦的深渊，真心诚意、不离不弃地陪伴着自己的男子心存感激，所愿已足地死去了。男子得益于死得如此有尊严的姑娘，终于确信存在于自己和姑娘间的些微幸福……"

这个故事的结尾，简直像是专门在守候着我似的。突然，这个濒临死亡的姑娘的形象，给了我意想不到的强烈冲击。我如梦初醒，感到不可名状的恐怖和羞耻。我仿佛要将这样的思绪从脑际抹去似的，霍地从方才坐着的裸露在地面的树根上站起身来。

太阳已经升得老高了。山峦、森林、村庄和耕地——这一切都沐浴在秋天平和的阳光中，显得静谧而沉稳。在远远望去显得小小的疗养院中，所有的人肯定都按照每天的习惯，重又开始了一天的生活。这时，我蓦然想起了一个人无精打采地在等待着我的节子那寂寞的身影，她身处那些素昧平生的人们中间，又与传统习俗格格不入。我骤然牵挂起节子来，赶紧沿着山路下山去。

穿过疗养院后面的杂树林，我回到了疗养院。我绕道南面的阳台，朝阳台尽头的病房走去。节子完全没有发现我，还像平素一样在床上用手指拨弄着发梢。她那对着天空发呆的眼睛，表露出了几分悲戚。

我想用手指叩一下窗玻璃，随即又打住了，只是一声不响地凝望着她的那副样子。节子似乎在勉为其难地忍受着某种威胁，可是她自己又好像并没有意识到这一点，只是在那里愣神。我觉得心里堵得慌，两眼紧盯着她那眼生的模样。突然，节子的神情变得明朗起来。她抬起头，甚至还露出了微笑。原来，她发现了我。

我从阳台进入病房，来到她的身边。

"在想些什么呀？"

"没想什么……"节子回答说，那声音好像不是她发出的。

我没有再说什么，心情有点郁闷地保持着沉默。这时，节子用恢复到常态的声音，亲切地问我：

"你去哪里啦？好长时间了。"

"我去那里啦。"我随手指了指阳台正面望得见的远处的那片森林。

"嘿，你居然去了那里？……你工作上手了吗？"

"噢，大体上……"我没好气地回答，又回复到先前缄口不言的状态。有顷，我突然问道，声音有点儿尖利：

"你对如今的生活感到满意吗？"

面对我如此出奇的问题，节子显得有点局促不安。随即她两眼紧盯着我，点头表示认可，同时诧异地反问道：

"你为什么会提出这样的问题？"

"我总觉得，现今的生活，莫非因了我的心血来潮吧。我非常珍视这样的生活，就这么让你也……"

"我不同意你这么说。"节子赶忙打断我的话，"你这么说，才是心血来潮呢。"

可是对于节子的这番话，我显露出不甚满意的神色。节子只是不知所措地注视着我，一副很沮丧的样子。有顷，她终于按捺不住似的说：

"你难道看不出来，我在这里有多心满意足？不管身体多么难受，我一次也没有想过要回家。要不是你待在我身边，我真不知道会变得怎样呢？就说刚才你不在的时候，起先我还逞能，只认为你回来得越迟，那见到你回来时的喜悦就越大。可是，当时间大大超过我确信你应该回来的时间你还不回来时，我就忐忑不安起来了。于是，就连这间一直与你待在一起的病房，仿佛也变得陌生起来，我害怕得几乎想从这儿跑出去呢。不过，后来我好不容易想起了你曾经说过的话，心中这才消停下来。我记得你以前曾经对我说过，我们如今的生活，到了很久很久以后再回忆起来，那该有多美好啊……"

节子的声音逐渐变得沙哑起来。说完，她似笑非笑地歪着嘴角，定定地看着我。

听着她的这番话，我不禁心潮澎湃。然而，我生怕被她瞧见自己这副深受感动的模样，悄悄走到了阳台上。然后从阳台上凝眸远望周边的景色。这景色，与我们曾经完整地描绘过的我们俩那个幸福的初夏傍晚的景色颇为相似。不过此刻的景色，是在与初夏傍晚迥异的秋天午前阳光的照耀下。这阳光比起初夏的傍晚来，带上了几分寒意，也更为耐人寻味。在阳台远眺的过程中，我觉得我的心中充满了感动，那是与当时的幸福颇为相似，但更为强烈，且未曾体验过的感动……

冬

1935 年 10 月 20 日

下午，我像以往一样将节子留在病房里，独自离开了疗养院。我穿行在忙于收获的农夫们正在辛勤劳作的田头，经过杂树林，往下来到了那个位于山中洼地、阒无一人的狭长村庄。然后，我又走过架在溪流上的吊桥，登上村庄对岸长着很多板栗树的山岗，坐在了高坡上。在那里，我以开朗而平静的心情，一连好几个小时沉浸在即将落笔的故事的构思中。在我搁脚处的下方，孩子们一次又一次地在用力猛摇板栗树，将板栗一批批摇下来。山谷里时不时会响起许许多多板栗同时落地的很大的声音，真让我吃惊不小……

我觉得，我在自己周围耳闻目睹的一切，仿佛都在告诉我，我们生命的果实业已成熟，并且在催促我快快收获它。我喜欢有这样的感觉。

红日终于西坠。我发现那山谷里的村庄，很快完全融入了对岸杂树林的阴影中。我慢慢站起身来，朝山下走去，再次跨过了那座吊桥。狭长的村庄中，到处都有水车在咕噜咕噜地转个不停。我在村里漫不经心地兜了一圈。一想到节子此刻也许正焦急地等我回去，我便沿着八岳山麓成片的落叶松林的边缘，稍稍加快脚步赶回疗养院去。

10 月 23 日

破晓前，我被仿佛近在咫尺发出的怪异声音惊醒了。我侧耳倾听了片刻，发觉整个疗养院死一般岑寂。我不觉瞪大了眼睛，再也睡不着了。

窗玻璃上粘着一只飞蛾。透过窗玻璃，我怔怔地举目仰望两三颗幽微的晨星。望着望着，我觉得这样的拂晓，竟让人感到一种莫名的寂寞。我轻手轻脚地起了床，懵懵懂懂地赤脚走进隔壁仍然黑洞洞的大房间。我朝节子的病床走去，弓着腰俯视节子睡梦中的脸庞。岂料这时候，节子一下子睁开大大的眼睛，朝上看着我，诧异地问：

　　"你怎么啦？"

　　我向她递了个眼色，表明没什么。同时慢慢地弯下身子，按捺不住似的将自己的面颊，紧紧地贴到了她的面颊上。

　　"嘿，好冷哪。"节子闭上眼睛，微微晃动了一下脑袋，头发随即隐隐散发出些微的幽香。就这样，我们相互感受着彼此呼出的气息，长时间默不作声地相互磨蹭着面颊。

　　"哟，又有板栗掉下来啦……"节子眯缝着眼睛瞅着我，嘀咕道。

"啊，原来是板栗的声音？……我刚才就是因为这声音才醒过来的。"

说这番话时，我的声音因兴奋而变得有点尖。我不声不响地离开节子的床边，朝窗户走去。窗户不知不觉间已渐渐明亮起来。我凭窗而立，听任方才不知从哪只眼睛里流出来的热泪，沿着我的面颊往下淌。与此同时，我心神专注地远眺着对面山梁上几朵云彩滞留的地方，渐渐染上了暗红色。从耕地那边，终于传来了声响……

"你那样站在窗边，会感冒的呀。"节子从床上小声地说。

我朝她回过头去，想用轻松一点的语调回应她。而节子则把眼睛睁得大大的，不放心地瞪着我。当我的目光与她的目光相遇时，我顿时语塞了。我默默地离开窗户，回到了自己的小房间。

没过几分钟，节子又像每天黎明时分那样，无法控制地剧烈咳嗽起来了。我重又钻入被窝，以不可名状的心情，听着节子的咳嗽声。

10 月 27 日

我今天也是在山里和森林中度过午后时光的。

有一个主题，整天萦绕在我的脑际，那就是真正的婚约。两个人，在太过短暂的一生中，相互间能给予对方多少幸福呢？我的眼前，清晰地浮现出一对年轻男女的形象来。他们面对难以抗拒的命运，平静地低着头，相互温暖着对方的心灵和身体，肩并肩地站在一起。而我们，作为这样的一对，虽然显得很寂寞，但也不无愉悦。除此之外，如今的我，还能写出什么来呢？……

山脚下斜坡上，一眼望不到尽头的落叶松林，统统泛出了黄色。傍晚，我一如既往沿着落叶松林的边缘，快步赶回疗养院去。我远远望见一个身材修长的年轻女性，就站在疗养院后面杂树林的边上。她的头发在斜阳的照耀下，发出了晃眼的光华。我站住脚，发现那个年轻女性浑似节子。不过，看她就一个人站在那样的地方，我又吃不准此人究竟是不是节子，因此我再次加快了脚步。渐渐地走近一看，此人果然是节子。

"怎么啦？"我跑到她身边，气咻咻地问道。

"我在这儿等你呀。"节子微微涨红了脸，笑着回答说。

"你可以这么乱来吗？"我从侧面瞅着节子说。

"就一次嘛，不打紧的。再说，我今天感觉很不错。"节子用尽可能快活的声音说，可是眼睛还是定定地眺望着我一路走来的山脚方向，"老远就看得见你在往这儿走。"

我默不做声地站在她的身边，朝同一个方向眺望。

她再次快活地说："来到这儿，八岳山就整个儿呈现在眼前啦。"

"是呀。"我只是有气无力地应了一声，仍然和她肩并肩地遥望着八岳山。蓦地，我没来由地觉得心烦意乱起来。

"像这样和你肩并肩地眺望那座山，今天还是头一遭吧。可是我仿佛觉得，此前已经这样眺望过好多次了。"

"没这回事吧。"

"不，我是这么觉得的……我此刻才想起来……我们俩呀，其实老早就这样一块儿从山的背面，眺望过这座山。不过，那时是夏天，山上总是云烟氤氲，几乎啥都看不清呗……可是入秋以后，我一个人去那儿一看，雄踞在遥远地平线上的八岳山，呈现的不是现在这一面，而是其背面。当时我完全不知道那远方的山是什么山。现在看来，确实是这八岳山，似乎就在另一个方向……你还记得那片芒草繁茂的原野吗？"

"嗯。"

"说起来真是不可思议呀。我和你此刻就这样生活在这座山的山脚下，可是此前我居然一点也没有觉察到……"

正好在两年前秋天的最后日子里，当我第一次从身边繁茂的芒草间隙中，遥望清晰地浮现在地平线上的山峦时，我曾怀着深切的幸福感，梦想着我们俩总有一天能结合在一起。自己当年的身影，好令人怀念，而此刻就栩栩如生地浮现在我的眼前。

我们俩陷入沉默中。连绵起伏的远山的山头上方，有候鸟悄没声息地翩然飞过。我们怀着当初那种爱恋的心情，肩膀紧紧地挨在一起，伫立着。而我们俩在草地上投下的阴影，渐渐地拉长了。

不一会，好像有点起风了。我们背后的杂树林，随即响起了枝叶摩擦时发出的沙沙声。我蓦然想起来似的对节子说："咱们该回去啦！"

我们钻进了正在不断掉着树叶的杂树林。一路上，我不时停下来让她走在我前面。记得两年前的夏天，我们俩在森林中散步的时候，只是为了好好地观察她，我曾故意让她走在我前面两三步的地方。当时的种种细枝末节，一下子涌上了我的心头，让我心潮翻腾。

11 月 2 日

晚上，一盏电灯让我们凑拢在了一起。我在灯下孜孜不息地写着以我们俩生之幸福为主题的故事——我已经习惯于相互一言不发。节子的床处于灯罩的阴影中，光线暗淡。节子躺在床上不发出一点点声响，简直叫人怀疑她是否在那里。我有时会抬起头来瞟上她一眼，每每发现她在凝视着我，而且好像早就开始在那里凝视我了。

"像这样只要待在你身边，我就心满意足啦。"节子眼睛中充满了柔情蜜意，仿佛迫切要向我表白似的。

啊，节子的这番话，让我对我们所拥有的幸福，变得多么深信不疑呀！对于正在如此努力地想要赋予它明晰形态的我，又给了多大的帮助呀！

11 月 10 日

到了冬天，寥廓的天空下，山峦像是越发挨近了。有时候，唯有山梁的上空，有大片雪云似的云朵，久久地滞留着。在这样的早晨，像是被降雪从山里驱赶出来似的，阳台上总会停满平素鲜见的小鸟。等到这些降雪的云朵消失后约莫有一天的时间，那些山头就会显得白晃晃的。而最近几天，有几个山头已开始出现引人注目的积雪。

我回忆起我几年前老爱梦想的事儿来。在这样的冬天孤寂的山区，彻底与世隔绝，就和自己心爱的姑娘两个人相亲相爱地过日子，——彼此简直爱得死去活来。我是想把自己打儿时起就怀有的对美好人生的执着追求，原原本本、毫不走样地在这样严酷得瘆人的大自然中变为现实。为此，就非得处于现今这样真正的冬天，非得待在孤寂的山区。

——拂晓时分，当体弱多病的姑娘还在睡梦中时，我便悄悄地起身，从山上的简易小屋，精神饱满地一下子蹦到积雪中。四周的山岭，沐浴在晨光中，闪射出粉红色的光芒。我去附近的农家取刚刚挤出来的羊奶。往回走的时候，人都快冻僵了。然后，我就动手往火炉里加木柴。不一会儿，木柴便发出毕毕剥剥的声响，欢快地燃烧了起来。当姑娘因了木柴的燃烧声终于醒过来时，我已经在用冻僵的手，喜滋滋地、忠实地记录着如今两个人这样过着的山里生活……

今天早晨，我想起了自己在几年前的梦想，眼前便浮现出哪儿都不会有的、版画似的冬日景色。我变换着原木建造的山间简易小木屋中各种家具的位置，并不断地就位置的变换与自己商讨着。少顷，这版画似的冬日景色，终于变得支离破碎、模糊不清，进而逐渐消失了。残留在我眼前的，只是有点零星积雪的群山、裸露的树林，还有冷峭的空气。仿佛从梦想中掉落到现实中的，就是这些似的……

我一个人先吃完饭，将椅子挪到窗边，就一直沉浸在对几年前梦想的追忆中。这时，我猛然朝节子别过头去。节子刚勉勉强强地在床上吃完饭，此刻仍然靠在床架上，瞻望着远处的山峦，目光于呆滞无神中还带有几分倦意。节子的头发有点蓬乱，笑容枯槁。我谛视着节子，感到别样的于心不忍。

"兴许是我的这个梦想，将你带到这种地方来的吧。"我只是满含懊悔地在心中对节子这么说，并没有做声。

"不是兴许，事实就是如此。可是，我这阵子却只醉心于自己的工作。而即便像这样待在你身边时，我丝毫也没有为当今的你考虑。我可是对你，还有对我自己也说过，我在工作时，更多更多考虑的是你。而在不知不觉间，我竟忘乎所以起来，不是在你身上，而是在自己无聊的梦想上，如此的浪费时间……"

也许是发现了我有话要说的眼神，节子从床上一本正经地瞅着我，没有一点笑容。近来于不知不觉间，像这样比以前时间要长得多，使两颗心贴得更近的相互对视，已经成了我们的习惯。

11 月 17 日

再过两三天工夫，我的初稿估计可以写完了。如果写我们俩这样的生活，看来是煞不了尾的。为了好歹把故事写完，我恐怕非得给故事安排一个结局。而对于我们俩现在仍在这样持续着的生活，我可不想安排任何结局。不，其实是没有办法安排的吧。我倒是认为，以我们目前这种本色的姿态来结束故事，看来是最佳方案。

目前本色的姿态？……我此刻想起了在某个故事中读到过的一句话——"没有比回忆幸福更妨碍获得幸福了"。现在我们相互间给予对方的东西，和我们曾经给予过对方的幸福相比，有着多大的差异呀！它与那种幸福既相似又有很大的不同，而且更加叫人心绪郁结得喘不过气来。对于这个尚未在我们的生活中完全显现其真面目的东西，我急巴巴地这样锲而不舍地追寻探索下去，究竟能不能找到与我们的幸福故事相称的结局来呢？不知为什么，我总觉得在我尚未弄清楚的我们人生的侧面，似乎隐藏着对我们的幸福怀有敌意的东西……

节子已经入睡，我有点心神不定地思索着这些，关上了灯。走过她的床边时，我突然站住脚，不声不响地端详着她睡梦中的脸庞——在黑暗中，唯有她的脸庞泛出些微的白光。节子那略微眍䁖的眼睛四周，好像不时掠过一阵阵痉挛。在我看来，节子似乎正在遭受某种威胁。这也许只不过是我自己不可名状的不安使然吧。

11 月 20 日

我将此前写下的初稿，从头读了一遍。我觉得这样写的话，似乎好歹把自己的想法，写到了也能令自己满意的程度。

可是另一方面，在重读初稿的过程中，我在自己的身上，发现了委实意想不到的忐忑不安的自己。我似乎已经完全无法品尝，构成故事主题的我们俩自身的幸福了。接下去，我的思维不经意间离开了故事本身。"这个故事中的我们，品尝着允许我们品尝的些微的生之愉悦，同时相信仅凭这一点，就能与众不同地让对方获得幸福。至少，我认为仅凭这一点，就可以把我的心牢牢地拴住。不过，我们的目标是否定得太过高远了呢？还有，我是否有点太过小觑自己的生之欲求了呢？因此之故，如今拴住我心的东西，即将被打碎了吗？……"

"节子，你好可怜……"我也不想把摊在桌子上的初稿整理一下，继续思忖着。"节子似乎在沉默中看出了我佯装不知的生之欲求，并且寄予同情。而她的这种表现，又令我颇感痛苦。我为什么未能在她的面前，隐藏好自己的这一面呢？我有多差劲哪……"

在灯光照不到的床上，节子从方才起，眼皮都快合拢了。我把目光转向了她，觉得简直有点喘不过气来。我离开电灯旁，慢慢朝阳台走去。那天晚上月亮小小的，月光只能让人隐约分辨出挂着云朵的山峦、丘陵和森林等的轮廓，而除此之外，几乎都融入了略微带点青绿色的黑暗中。不过，我眼睛看到的并非这些东西，而是清晰地在我心头复苏的我们记忆中的山峦、丘陵和森林等。那些都是有一年初夏的傍晚，我们俩怀着强烈的同情一起眺望过的，至今还完整地保存在我们的记忆中。当时我们仿佛觉得，我们俩能一直处于这样的幸福状态之中。像这样甚至连我们自己都变成了其中一部分的风景，至今也是这样稍纵即逝地在我的心中闪现过几次，所以这些景物不知不觉间也成了我们的组成部分。而且，随着季节的变化而变化的这些景物现在的姿态，有时候竟会变得令我们几乎无法看清……

"就为了那我们曾经拥有过的短暂幸福，我们值得这样生活在一起吗？"我这样扪心自问。

我的身后突然响起了轻柔的脚步声，那肯定是节子发出的。可是我也不想回过头去，还是一动不动地站在阳台上。节子也一声不吭地站在离我一两步的地方。可是我觉得节子就紧挨着我站着，我几乎感觉到了她的呼吸。冷飕飕的风，时不时悄然无声地掠过阳台，而在远处不知什么地方，寒风在光秃秃的树木间呼啸着。

"你在考虑什么呀？"节子终于开了腔。

我没有马上回答她。接着，我蓦地回过头去，朝她暧昧地笑了笑，问道：

"你大概知道的吧？"

节子好像生怕掉入某个圈套似的，警惕地打量着我。

"我在考虑我的工作呗。"看她那副样子，我不慌不忙地回答说，"我怎么也想不出一个好的结局来。

我可不想把故事的结局，安排成我们似乎活得碌碌无为。怎么样，你也跟我一起，稍微考虑一下好吗？"

节子朝我莞尔而笑。可是她的微笑中，好像还有点不放心。

"我连你都写了些什么也不知道啊！"节子终于小声说出了自己的顾虑。

"噢，说得在理呀。"我再次暧昧地笑着说，"那么过几天，我也念点给你听听吧。不过就算是开始部分，我也还没有写到可以念给别人听的地步啊。"

我们回到屋子里。我重又在灯边坐下，再次拿起撂在那里的初稿，看了起来。节子站在我身后，轻轻地将手搁在我的肩上，隔着我的肩头，探头窥视我的初稿。我猛然转过身，冷冷地说：

"你还是睡觉为好。"

"噢。"节子顺从地应了一句，迟疑着将手从我的肩头移开，回到床上去了。

"不知为什么，我好像睡不着啊。"两三分钟后，她在床上咕哝了一句。

"那么我就把灯关了好吗？……我不再需要灯了。"说着，我关上灯站起身来，朝她的枕边走去，然后坐在床沿上，攥住了她的手。我们俩就这样在黑暗中待了一会儿，谁也没有言语。

比起刚才来，风似乎大了许多。大风不断地把呼啸声从各处的森林中刮过来。当刮到疗养院的建筑物上时，有些地方的窗户，就会发出乒乒乓乓的声音。最后还会让我们的窗户，发出咯吱咯吱的声响。节子好像害怕这窗户的响声似的，一直攥住我的手不放。而且她还闭上眼睛，仿佛全神贯注地想要发挥自己身体中的某种功能似的。少顷，她稍稍松开了我的手，呈现出像是进入了梦乡的样子。

"噢，接下去是否该轮到我去睡觉了呢？……"我嘴里嘀咕着走进了自己黑洞洞的房间。我也要和她一样，让看来无法入睡的自己躺下去。

11 月 26 日

近来，我经常在破晓前就醒了过来。醒过来后，我屡屡不声不响地起床，目不转睛地端详着节子睡着时的面容。床架和瓶子等物品在晨曦中渐渐泛出了橙黄色，唯有节子的脸庞，却始终是苍白色的。"你这个小家伙，好可怜哪！"这似乎成了我的口头禅。有时不经意间，我就会发出这样的喟叹。

今天早晨，当我在凌晨时分醒过来，我又长时间地凝视着节子睡梦中的面容，然后蹑手蹑脚地走出房间，去了疗养院后面那片树叶几乎掉得精光、只剩下光秃秃枝桠的林子里。林中不管哪棵树上，都只剩下两三片树叶，在那里与朔风抗争着。当我走出那片空落落的林子时，刚刚离开八岳山之巅的一轮红日，一下子将低垂在由南往西走向的山峦上静止不动的云块，染成了晃眼的金红色。可是要等到这曙光照临大地，估计还得等上一段时间。那些镶嵌在连绵群山中的冬季凋零的森林、农田和荒地，此刻犹如被天地万物彻底抛弃了一般。

我在那片空落落的林子边徜徉，时不时会因为寒冷而停住脚步，忍不住跺跺脚。我思潮澎湃，甚至连自己也理不出头绪来。我猛然抬头仰望天空，发觉不知什么时候，天空已经布满失却了光芒的阴云。我一直期待着方才还把云块照耀得五色斑斓的曙光能照临大地。面对这阴云密布的天空，不知为何我顿时觉得意兴索然，便快步回疗养院去了。

节子已经醒了。看到从外面回来的我，只是无精打采地抬眼睃了我一眼，而脸色比方才睡着时显得更加苍白。我走近她的枕边，抚摩着她的头发，正欲在她的额头上亲一下时，她怏怏地摇了摇头。我什么都没有问，只是辛酸地瞅着她。节子怔怔地凝望着天空，仿佛与其说是不想看到这样的我，倒不如说是不想看到这样的我的悲怆。

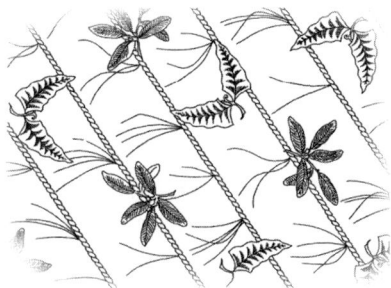

夜

　　被蒙在鼓里的，竟然只是我。上午查房结束后，我被护士长从病房叫到了走廊上。我这才第一次听说，节子今天早晨在我不知道的情况下，稍微咯了点血。这件事她没有向我透露。据护士长说，院长认为咯血虽然谈不上危险，但是为保险起见，他关照暂时应该配备一名贴身护士。对此，我只能同意。

　　隔壁病房恰好空着，我决定在节子配备贴身护士期间搬过去住。我此刻就在这间和我与节子住过的房间毫无二致、可是又感到十分陌生的房间中，一个人形单影只地写着这篇日记。我虽然从几个小时之前起就一直这样坐着，可是总觉得这个房间还是空空如也。这里俨如寂无一人，甚至连灯光都是冷*丝丝*的。

11 月 28 日

我把基本上已经写完的初稿就摞在桌子上，碰也不想去碰它。我曾说服节子，即便为了完成这个故事，也是暂时分开过为好。

可是如今这么心神不定，我一个人怎么能够进入故事中所描绘的、我们俩那么幸福的状态呢？

我日复一日每隔两三个小时，总要去隔壁病房，在节子的枕边坐上片刻。不过，因为让病人说话是最景要不得的，所以多数场合，我几乎一声不响。即便护士不在场，我们俩也只是相互默然牵着手，彼此尽可能连眼睛也不对视。

不过，当我们俩的目光偶尔冷不丁地相遇时，节子就会冲我赧然一笑，一如我们刚相识时那样。可是随即，她又会避开我的目光，对着空中的某一点发愣。她心平气和地躺着，一点也没有显露出对所处境遇的不满。我记得节子曾经问过我工作是否有进展，我摇摇头表示否定。当时，她向我投来了怜悯的目光。后来，她就再也没有问过我有关工作的事儿。大同小异的日子，就这样日复一日平静地过去了，仿佛什么事情也没有发生过似的。

而且，她甚至一直拒绝由我代替她给她的父亲写信。

晚上，我对着桌子什么也不干，长时间呆愣愣地望着阳台。透过窗子投射在阳台上的灯光，渐远渐暗，最后被四周的黑暗团团围住了。我仿佛觉得，这简直跟自己的心境一个样。同时我还忖度，也许节子也尚未入睡，正在考虑我的事情……

12月1日

都已经进入十二月份了，不知怎么搞的，好像还不断有飞蛾朝电灯光扑来。

晚上，那些不知从什么地方飞来的蛾子，会猛烈地撞在关得严严实实的窗户玻璃上。尽管这样的撞击会使自己受伤，可是它们还是一味求生似的，还是不顾死活地想在玻璃上撞出一个孔来。我不胜其扰，便关灯上床。可是疯狂地拍打翅膀的声音，还是持续了一段时间，才逐渐消停下去。最后，那些蛾子就不知钻到哪里去了。经历了这样的夜晚后，第二天早晨，我必定能在窗户下发现飞蛾犹如一片枯叶的尸体。

今天晚上也是，有一只蛾子最终飞进了房间，从方才起就围绕着我面前的台灯，不知疲倦地飞个不停。飞了一阵子后，就啪的一声掉到了我的稿纸上，然后就躺在稿纸上不再动弹。少顷，它似乎终于想起自己还活着，又霍地飞了起来。看来，它连自己也不知道在干些什么。须臾，这只飞蛾又啪的一声掉到了我的稿纸上。我出于一种异样的恐惧，不敢把那只蛾子赶走，反而若无其事地任凭它在我的稿纸上死去。

12月5日

傍晚，就只剩下了我和节子两个人。贴身护士刚才去吃晚饭了。冬天的太阳开始坠入西边的山脊后面，那斜射进屋子的阳光，让渐渐变得寒气逼人的房间，一下子亮堂了许多。我坐在节子的枕边，将脚搁在取暖器上，俯身读着手中的书。这时，节子冷不丁轻轻地喊了一声：

"哟，爸爸。"

我不禁吓了一跳，抬头望着她。我发现她的眼睛，正在发出异乎寻常的光芒。不过，我装出一副稀里糊涂、并没有听见她方才轻声呼喊的样子，问道：

"你刚才跟我说话啦？"

节子沉默了片刻，然而她的眼睛，显得更加炯炯有神了。

"你瞧，那山岗子的左端，有个地方稍微照到了点阳光。"节子犹如好不容易下定了决心似的，在床上用手指了指那山包的方向，然后仿佛要把难以明言的话，强行从嘴巴中拉扯出来似的，把手指放在自己的嘴唇上说：

"那儿一到这个时候，总会出现一个人的侧脸，跟老爸的一模一样啊……你瞧，此刻恰好显现了出来，不是吗？"

我顺着她的手所指的方向望去，马上望见了她所说的那个山岗子。不过映入我眼帘的，只是那山体上有个皱襞，在斜阳的照耀下，清晰地浮现了出来。

"马上就看不见啦……啊，只有额头还看得见……"

到了此刻，我才总算看出那个像是她父亲额头的皱襞。由此，我也联想起了她父亲饱满的额头。

"这家伙竟然见了那山岩，都会想起父亲来吗？噢，这家伙还在全身心地惦念着父亲，呼唤着父亲……"

一眨眼，黑暗就将那个山岗子统统掩盖了起来，没有什么地方还照得到阳光。

"你大概想回家了吧？"我突然情不自禁地把最先想到的话说了出来。

话音刚落，我就惴惴地注视着节子的眼睛。节子也瞅着我，眼神近乎冷漠。忽地，她避开我的目光，用沙哑的、近乎耳语般的声音说：

"嗯，我有点想回家啦。"

我咬着嘴唇，不动声色地离开她的床边，朝窗户走去。

在我的背后，节子声音有点颤抖地说："对不起……唉，我就刚才一会儿……这个念想，马上就会过去的……"

我默然无言地抱着胳膊，站在窗边。群山的山脚下已经一片漆黑，而山脊上还泛着微弱的光亮。突然，仿佛被人紧紧地掐住了脖子似的恐怖向我袭来。

我冷孤丁朝节子转过身去，但见她用双手掩着脸。猛可间，我的心中充满了不安——我觉得我即将丧失一切。我立即跑到床边，硬是将她的手从脸上掰开。她顺从了我。

她那高高的额头，已经显得很镇定的眼睛，抿得紧紧的嘴唇——我似乎觉得，节子的面容丝毫没有变，而且比平时更加坚毅了。而我自己呢，我不禁觉得，自己反倒像一个孩子——平白无故却害怕到了极点。接着，我陡然变得像只泄了气的皮球，双膝一软，跪倒在地板上，将脸贴在床沿，而且长时间紧紧地贴着。我感受得到，节子的手，在轻轻地抚弄着我的头发……

此刻，屋子里也变得黑糊糊的了。

死亡谷

1936 年 12 月 1 日　K 村

差不多三年半不见的这个村庄，已经被大雪严严实实地覆盖住了。据说从大约一周前开始下个不停的雪，到今天早晨才总算停歇。我委托帮忙做饭的一个村里的姑娘，和她的弟弟一起，将我的行李放在估计是那个男孩的雪橇上，然后爬着坡，替我拉到了我打算在那里过冬的山间小木屋前。我跟在雪橇后面，一路上有好几次险些儿滑跤。山谷背阴处的积雪，已经冻得硬邦邦的……

我租赁的山间小木屋，位于这个村稍稍朝北去的一条小山谷里。那一带很早起就这儿那儿建有外国人的别墅。我的山间小木屋，应该是那些别墅中最最靠边的。听说来这儿避暑的外国人，都管这个山谷叫"幸福谷"。这么个寂无一人的荒凉山谷，究竟哪儿称得上是"幸福谷"呢？我望着一幢幢如今全都为积雪所覆盖、暂时无人居住的别墅，费劲地跟在姐弟俩后面爬着坡。突然，一个与"幸福谷"迥然不同的名字，差一点脱口而出。我似乎有点迟疑，话到嘴边又咽了回去。然而一转念，我又把它说了出来——"死亡谷"。对，"死亡谷"这个名称，于这个山谷似乎相当贴切，至少对于正预备在这隆冬腊月里，在这样的地方过孤寂的鳏居生活的我来说是这样。一路上我这么思忖着，终于爬坡来到了我租赁的、最最靠边的那座小木屋前。定睛一看，这座树皮屋顶的山间小木屋，还有一个小得可怜的阳台。周遭的雪地上，布满了不知什么动物留下的足迹。那姑娘头一个走进门窗关得严严实实的小木屋，开启木板套窗等。这时候，小男孩则指着那些不同形状的足迹，一一告诉我说，这是兔子的，这是松鼠的，而那是野鸡的。

然后，我站在一半埋在雪中的底楼阳台上，朝四下里眺望。我适才爬上来的背阴的山坡，此刻从阳台上看下去，原来位于一段景致优美的山谷中。啊！刚才乘上雪橇一个人先回家去的那个弟弟的身影，在树叶凋零的林间时隐时现。我一直目送着他那可爱的身影，最终消失在山脚下那片光秃秃的树林中。俯视了一阵山谷后，小木屋似乎也已收拾停当，所以我这才进入了小木屋。小木屋内部的墙壁，贴着树皮，顶上没有天花板，结构要比想象中简陋，不过感觉还挺不错。二楼我也随即上去看了，从床铺到椅子，什么东西都是备的双份，恰如为你和我准备的。说起来，在这样的山间小木屋中，真的就只有你我两个人冷清清地过日子，当年的我，是多么憧憬着这样的生活啊！……

黄昏时分，一做好晚饭，我就马上让姑娘回去了。然后，我一个人把大桌子拉到火炉旁，决定从写作到吃饭，所有事情统统在这上面进行。这时，我突然发觉那挂在我头上方的日历，还是翻开在九月份。我站起身来撕下过期的，并在今天的日期上做了个记号。然后，在实实足足相隔一年之后，打开了这本记事本。

12月2日

北边的不知哪座山里，暴风雪好像在不断地肆虐着。昨天还看得一清二楚的浅间山，今天已完全为雪成云所覆盖。看来，那山里面正处于漫天飞雪的状态，就连这山脚下的小村庄也遭了殃——有时候阳光灿烂，却又大雪纷飞。雪成云的边缘，偶尔也会突然出现在山谷的上空。这时，山谷对面那一直往南绵延着的群山，分明是响晴薄日，而整个山谷却是天色阴暗，还时不时会刮来一阵阵猛烈的暴风雪。可是暴风雪过后，转眼之间又是朗日重辉……

我频频走到窗边，观察一下那山谷里不断变换着的景象，随即重又回到火炉旁边。也许是缘于这么来回折腾，这一整天我始终有点心神不定。

临近中午，姑娘背着包袱，只穿一双厚布袜子，踏着雪来了。她手上脸上生满了冻疮，人显得很淳朴，而且沉默寡言，这是最合我心意的。我像昨天一样，只让她做好饭菜后，就马上打发她回去了。然后，我仿佛一天已经结束似的，久久地待在火炉边，什么事也不做，只是望着火炉出神。劈柴在火炉中经自然形成的风一煽，毕毕剥剥地燃烧着。

就这样挨到了晚上，一个人吃完冷饭冷菜后，我的心神多少安定了些。雪好像并没有积得多深就停息了，可是接着却开始刮风了。每当火势略显衰微，毕剥声消歇时，朔风掠过光秃秃的树林时发出的尖啸声，一下子听得非常真切。

估摸过了一个小时，由于对劈柴取暖尚不习惯，我觉得有点晕乎乎的，便走出小木屋，到外面去呼吸一下新鲜空气。我在黑黢黢的户外踱了一会儿步，结果发烫的面颊冻得冰凉。我正打算再次进屋去，这时我发觉，在屋子里漏出来的灯光中，仍然有细小的雪花在不停地飞舞。我一进入屋里，重又来到火炉边，预备将有点濡湿的衣服烤烤干。可是当我再次挨着火炉烤火时，我不知不觉间竟忘记自己是在烤衣服，而是愣怔怔地开始在自己的脑海中追忆往事。记得去年也是这个时候的一个深夜，我们所在的那家山区疗养院一带，也恰恰像今晚这样漫天飞舞着雪花。我好几次站在疗养院门口，急巴巴地等待着你父亲的到来。临近午夜时分，被我们拍电报叫来的你爸，总算抵达了。可是面对深夜赶到疗养院来的父亲，你只是瞅了一眼，随即便抿了抿嘴算是微笑。你父亲默然无言，目不转睛地谛视着面容憔悴得几乎落了形的你。其间，你父亲也不时向我投来不安的目光。

而我则佯装浑然不知，只是直愣愣地看着你。不一会儿，我突然发觉你像是想说些什么，便走到你身边。你用细微到几乎听不清的声音对我说："你的头发上沾着雪花呢……"此刻，我一个人这样蹲坐在火炉旁，在蓦然闪回的记忆的诱发下，不经意用手拢了拢自己的头发，发觉手感有点湿，冷丝丝的。在此之前，我可丝毫也没有理会到这一点……

12月5日

这几天，天气好得几乎无法形容。早晨，阳台整个儿沐浴在阳光里，也没有风，天气暖烘烘的。像今天早晨这样的日子，我终于把小桌子和椅子等都搬到了阳台上，面对着银装素裹的山谷，开始吃早饭。我边吃边思忖，就这样一个人待着，真的有点儿辜负了这良辰美景。猛可间，我朝眼前光秃秃的灌木丛的根部扫了一眼，发觉不知何时出现了野鸡，而且还是两只，在积雪上嘎吱嘎吱、走来走去地觅着食……

"喂,你来看哪,有野鸡哟!"

我想象着你此刻正在小木屋里,压低声音嘟哝着,同时屏息敛气两眼紧盯着野鸡。我甚至还担心,你会不会孟浪地发出脚步声呢……

这时,不知哪座小木屋屋顶上的积雪,轰然崩裂了下来,声音响彻整个山谷。我不觉一阵惊悸,目瞪口呆地看着两只野鸡,它们好像就从我的脚底下翅膀一扑棱飞走了。几乎与此同时,我真真切切地感觉到,你就站在我身旁,一声不响的,眼睛睁得大大的,定定地看着我,一如这种场合下你习惯性的表现。

下午,我第一次离开山谷中的小木屋下山去,在覆盖着积雪的村子里兜了一圈。这个村子,我以前只在夏天和秋天来逛过。如今,同样覆盖着积雪的森林、道路,还有门窗钉死的小木屋,似乎统统都很眼熟，但又怎么也想不起以前的模样来。在我以前挺喜欢溜达的那条有着水车的路上，不知什么时候甚至建起了一座小小的天主教堂。而且那座用原色木料建造的美丽小教堂，在覆盖着积雪的尖顶下，居然露出了已经变得黑不溜秋的墙板。这更让我对这一带感到有点陌生。然后，我还踩着相当深的积雪，去了我们俩经常结伴而行的森林。须臾，我认出了一棵似曾相识的冷杉。及至好不容易走近一看，这棵冷杉中戛然一声传出了尖利的鸟叫声。我在冷杉前站住脚，但见一只我从未见过的带点豆青色的鸟，像是受了惊吓似的，扑棱一声飞了起来，旋即跳到了另一根枝桠上。然后，仿佛反过来向我挑战似的，冲着我嘎嘎直叫。这刺耳的鸟鸣声，让我无可奈何地离开了那棵冷杉。

12 月 7 日

在礼拜堂旁边树叶凋落的林子中，我恍惚听到一只杜鹃突然连叫了两声。这叫声好像远在天边，又好像近在眼前。它促使我扫视着附近叶子掉光了的灌木丛、树木的枝柯，还有头上的那片天空。可是此后，就再也没有听到杜鹃的叫声。

我不禁觉得，方才毕竟是自己听错了吧。其实，在产生这种错觉之前，那附近的灌木丛、树木和天空，就已经完全恢复成夏天令人怀念的模样，鲜亮地浮现在我的心头……

与此同时，我真正明白了，三年前的夏天我在这个村子里所拥有的一切，如今已经丧失殆尽，没有给自己留下一星半点。

12 月 10 日

这几天不知什么缘故，我的脑海中丝毫没有显现出你鲜活的形象来。而时时处于这样形单影只的状态，几乎让我招架不住。早晨，炉膛内架好的劈柴怎么也燃不起来，最后我发了急，想一把将它们统统搅乱。唯有这种时候，我会猛然觉得你就忧心忡忡地站在我的身边。接着，我终于调整好心情，重新把木柴搭了起来。

到了下午，我就会下山去，想在村子里稍微走走。可是近来因为融雪，路很难走，鞋子很快就会沾满泥巴而变得很沉。结果，由于举步维艰，我往往走到半路就会踅回来。山谷里的雪还是冻得硬硬的。归途中，一进入山谷，我就会情不自禁地舒一口气。可是通往自己的那座小木屋的路全是上坡路，会让人爬得喘不过气来。于是，为了使陷入忧郁之中的自己振作起来，我就给自己吟咏起依稀记得的诗句来："纵然行走在笼罩着死亡阴影的山谷，我也不惧怕祸祟，因为有你和我同在……"可是，这些诗句只给了我虚幻之感。

12 月 12 日

傍晚，我走过位于水车巷上的那座小教堂时，看见一个像是教堂勤杂人员的男子，正在认真地往雪泥上撒煤渣。我走到他身边，随口问了一句："这个教堂冬天里也开放吗？"

"今年，听说这两三天里就要关闭……"那个勤杂人员歇了一会儿撒煤渣的手，回答说，"去年整个冬天都开放的，可是今年因为神父要去松本那里……"

"在寒峭的冬天，这个村里也有人上教堂做礼拜吗？"我贸然问道。

"几乎没有哪位……基本上就由神父一个人每天做弥撒。"

正当我们这样站着闲聊时，恰巧据说是德国人的神父回来了。神父对日语的意思尚不能充分理解，但人挺和蔼的。方才是我问教堂的勤杂人员，这下轮到我被神父逮住，问这问那了。而问到最后，他好像有点误解了我的话，一再劝我明天务必来做星期日弥撒。

12 月 13 日　星期日

上午九点光景，我去了那座教堂——并非我有所求。在点着小蜡烛的祭坛前，神父和一位助手一起，已经在开始做弥撒了。我压根儿不是信徒，所以不知如何是好，只是注意着别发出声响，悄悄地在最后一排用稻草编制的椅子上坐了下来。当我的眼睛好不容易适应教堂内昏暗的光线时，发现在我原以为空无一人的信众席的第一排柱子的阴影中，居然有个黑衣黑裤的中年妇女蜷缩着，而且似乎从方才起就一直蜷缩在那里。注意到这一点时，我顿时觉得这座教堂里真是寒气袭人……

接下去，弥撒又持续了约莫一个小时。临近结束时，我瞥见那个妇女突然掏出手帕遮住了脸。我不知道她为什么要这么做。须臾，弥撒终于结束了。神父也不觑一下信众席，自顾自走进了旁边的小房间中，而那个妇女还是纹丝不动地一直站在那里。这当儿，唯有我悄没声息地溜出了教堂。

那天是个多云的日子。出了教堂后，我在积雪消融的村子里，长时间漫无目标地踯躅着，心里一直觉得有点空落落的。我也去了正中央醒目地挺立着一棵白桦树的草地，记得当年我经常和你去那儿画画。唯有白桦树的根部，还残留着积雪。我眷恋地将手搭在白桦树上站立着，直到手指头冻得发僵。可是，我的脑海中几乎没有浮现出你当年的身影……我终于离开了那里，心里怀着不可名状的落寞。我穿行在光秃秃的树木中间，在山谷中爬着坡，一鼓作气回到了小木屋中。

我哼哧哼哧地喘着粗气，一屁股坐在底楼阳台的地板上。这时我有点觉得，你朝着如此内心纷扰的我靠了过来。可是对此我竟佯装不知，用手托着腮帮子发愣。尽管如此，我还是感受到了你从未有过的欲言又止——我甚至觉得你的手，就搭在了我的肩头……

"您的饭我已经做好啦……"

从小木屋中传来了那姑娘唤我吃饭的声音，她似乎早就在等候我回来了。我转瞬间回到了现实中。唉，你要是让我再这么独自待一会儿，那就好啦……

我一反常态把脸一沉，进了小木屋，而且一句话都不跟姑娘说，就像平时一样，一个人开始吃饭。

临近傍晚时，我抑郁的心情仍未完全舒散，便没好气地打发姑娘回去了。可是过了一会儿，我又对此有点后悔，再次无所事事地来到了阳台上，然后像方才一样（不过这次没有了你……），重又茫然俯视着积雪基本上没有消融的山谷。这时，我发现有个人正慢吞吞地穿行在光秃秃的树林中，爬着坡朝这里走来，一边还在不断地东张西望。我的目光一直没有离开那个身影，同时心中寻思着：此人要去哪里呀？没承想，此人原来就是神父，他好像是冲着我的小木屋来的。

12 月 14 日

因为昨天傍晚已与神父约定，所以我今天去了教堂。据神父说，他明天就将关闭教堂，随后赶往松本。因此他一边跟我说着话，一边还不时去正在收拾行李的勤杂人员那里关照点什么。神父反复告诉我的，就是本想在这个村里发展一名教友，可是此刻却要离去甚为遗憾云云。我的眼前，立刻浮现出那个昨天在教堂里看到的中年妇女来，——她好像也是一个德国人。我正欲向神父打听那个中年妇女的事情，但随即转念一想，莫非神父有点误解，想发展我入教不成？……

我们俩的谈话变得很不投机，后来还经常出现冷场。未几，我们俩都不再吭声，挨着烧得过热的火炉，透过窗玻璃眺望冬日的晴空。风很大，空中不时有小片的云朵掠过，但天空还是很亮堂的。

"如此美丽的天空，若不是这么个有风的、冷森森的日子，是看不到的吧？"神父随口问了一句。

"真的，若不是这么个有风的、冷森森的日子……"我鹦鹉学舌似的应了一句。我觉得唯有神父方才随口说出的这句话，奇妙地在我的心头激起了涟漪……

在神父那里这样待了约莫一个小时后，我回到了自己的山间小木屋。一看，发现有人送来了一只小邮包。那是我许久前订购的德国诗人里尔克的《安魂曲》，和另外两三本书一起，被贴上各式各样的签条投递了许多地方后，终于送到了我现在的落脚点。

晚上，做好就寝的一切准备后，我在火炉边开始阅读里尔克的《安魂曲》，一边还时不时留意着北风的呼号。

12月17日

又在下雪了。从今天早晨起，几乎一直持续地下着，不见稍有停歇。我眺望着近在咫尺的山谷，眼见着山谷重又为皑皑白雪所覆盖。就这样，冬意日渐浓了。今天一整天，我也是在火炉旁度过的。我有时会突然想起什么似的走到窗边，对着银装素裹的山谷发一会儿呆，随即又回到火炉旁，继续面对里尔克的《安魂曲》。对于自己至今不想让你平静地死去，对于对你还是向慕不已的儿女私情，我强烈地感受到了有点类似于后悔的情愫……

我拥有众多死者，我听凭他们离去。

我感到惊诧的是：他们对死坚信不疑，

也已迅即安之若素，还显得颇为坦然，

与街谈巷议迥异。

唯有你，唯有你回来了。

在四周徘徊，撞上了什么物件。

是你的撞击声出卖了你。

啊，不要拿走我耗时费力学到的东西。

我是正确的，而你是错误的

——如果你对某人的东西产生了乡愁。

即使我们要直面这个东西，

它也已经不在这里。我们感知到了它，

只是由我们的存在映射的。

12 月 18 日

雪终于停息了。我趁着这间歇，进入了尚未进入过的后面的那片林子，一直往里面走去。树上不时有积雪"啪嗒啪嗒"地崩落下来，飞起无数雪花。我兴冲冲地在林中穿行。林子里当然谁都尚未涉足，目之所及，唯有似乎是野兔跳来跳去留下的痕迹。不经意间，我还发现有一行浅浅的野鸡的足迹，横着留在林间小道上……

可是不管朝哪个方向走，都走不出那片林子。而且林子的上空，又开始出现雪云。因此之故，我放弃继续深入其中的念头，立刻转身返回了。可是我像是走错了路，渐渐地我已经找不到自己的脚印了。我顿时慌了神扒开积雪寻找着。最后我也顾不上这些了，径直朝着估计是自己小木屋所在的方向，在林中疾步穿行。不知不觉间，我仿佛觉得我的身后响起了肯定不是我自己的另一种脚步声。不过那脚步声似有若无……

我不敢回头张望，一个劲儿地在林中往下疾走。我觉得很憋气，仿佛胸部被什么东西勒住了似的。这时，我不由自主地吟诵起昨天读完的、里尔克的《安魂曲》的最后几行：

你别回来。如果你能忍耐，

你就死在死者中间。

死者也有许多事情要做。

不过你要帮助我，但愿不致让你分心。

就像远方的人们，屡屡帮助我那样

——在我心里。

12月24日

晚上，我应邀去了村里那姑娘的家，度过了一个冷清的圣诞节。这个山里的村子，在隆冬腊月虽然家家户户门可罗雀，可是到了夏天，远道而来的外国人有如过江之鲫。由于这个特点，所以村里的普通人家，似乎也学着样过圣诞节。

九点钟光景，我独自从村里沿着山谷回来了。

幽暗的山谷中，积雪在泛着微光。当我快走到最后一片光秃秃的树林时，我忽地发现一丛积雪的灌木上，不知从什么地方投来了一束微弱的光线。我很诧异，在这种地方，怎么会有这样的光束射来呢？我环视别墅星罗棋布的狭长山谷，终于确认亮灯的唯有一处，在山谷的高处，似乎就是我租赁的那座小木屋……

"嘿，我就一个人住在这样的山谷里呀！"我这么思量着，开始慢慢地爬坡。"而我以前就没有注意到，我屋里的灯光，居然会一直照到这么下面的树林里。你瞧……"我像是在告诉自己似的，"你瞧，这儿那儿，几乎覆盖了整个山谷的雪地上星星点点的小光斑，统统都是来自我那小木屋的灯光哪……"

我终于爬着坡回到了小木屋。我没有进屋，径直站在底楼阳台上，想再次观察一下这座小木屋的灯光，究竟能把山谷照亮到何种程度。而这么朝下骋目望去，我发现灯光只在小木屋的周围投下了一点微弱的光亮，而且这微弱的光亮距小木屋的距离越远就越发黯淡，最后和山谷里的雪光融合在了一起。

"怎么搞的，方才覆盖面那么广的小光斑，在这儿一看，居然就只有这么一丁点儿？！"我有点泄气似的嘀咕道，还是茫然鸟瞰着洒落在积雪上的灯光。这时，有个想法突然涌上了我的心头："然而，这灯光不就和我的人生一样吗？我一直以为，自己人生周围的亮度不过尔尔。其实，它和我租赁的这座小木屋的灯光一样，比起自己想象中的要大得多。而且，我自己也许是在没有意识到的情况下，就这么活在世上的……"

这个突然涌上心头的想法，让我长时间地站在映着雪光、寒气砭骨的底楼阳台上。

12月30日

端的是个阒寂的夜晚。今晚，我也任凭如下的想法，自然而然地涌上心头。

"我比起别人来，似乎既不特别幸福，也不特别不幸。诸如幸福啊、不幸啊之类的问题，曾经让我那么焦躁不安。可是如今呢，若要忘记几乎可以忘记得精光。反过来，处于这种状态下的如今的我，距离幸福也许倒要近得多。不过确切地说，如今我的心情类似于幸福，只是略微带上点忧伤。其实也未必不愉快。我之所以能够这样泰然自若地活着，也许是因为我尽可能不和社会打交道，孑然一身过着日子的缘故吧。像我这样窝囊的人，能做到这一点，真的全托你的福。不过节子，我迄今从来没有想过，自己能这样孤孤单单地活着，那是为了你。我一直觉得，我只是为了我自己而为所欲为、独来独往的。也许，我这一切毕竟是为了你，而我自己则以为，这就是为了我自己一个人。我对于你给予我的、让我有点受之有愧的爱，已经心安理得了吗？你始终是那么真心诚意地爱着我吗？……"

在这么冥思苦想的过程中，我突然想起什么似的站起身来，走到了屋外。然后像平素那样，站在底楼的阳台上。这时，远远传来了北风在山谷背面阵阵怒号的声音。我伫立在阳台上，侧耳倾听着，简直像是为了听远处的风声，才特意从小木屋里跑出来似的。横亘在我面前的这道山谷中的一切，在雪光的映照下一开始呈现出的，只是白茫茫的一片。当我怔怔地俯瞰片刻后，也许是我的眼睛已经慢慢适应黑暗了，也许是我不知不觉间凭借着自己的记忆开始描绘平素的山谷，我的眼前渐渐显现出一根根线条和不同的形状来。这一切都让我感到那么亲切、人们称之为"幸福谷"的山谷——啊，对呀！我似乎觉得，要是像这样住惯了，我也可以和大家一起，管它叫"幸福谷"的。此刻，尽管山谷背后狂风肆扰，唯有这里却真的是一片岑寂。噢，在我的小木屋后面，不知什么东西好像时不时在发出嘎吱声。那恐怕是掉光了树叶的枝桠，在远方刮来的风中互相碰撞摩擦时发出的吧。另外，在我的脚边有两三片树叶，经残余的风一吹，发出轻微的沙沙声，飞到了其他落叶上……

菜穗子

一

　　"准没错，是菜穗子。"都筑明不觉收住脚步，回头看望。

　　迎面走近时，他总觉得对方像是菜穗子，好像又不是；及至擦肩而过时，他又突然觉得，对方肯定是菜穗子了。

　　都筑明站在车水马龙、熙来攘往的大街上，目送着一位身穿白色呢大衣的妇女，以及走在她身边、看来是她丈夫的男人——他俩已经走远了。过了一会儿，那位妇女好像也朝都筑明回过头来，仿佛她此刻才猛然省悟：刚才擦肩而过的人似乎认识，但又记不起是谁了。像是受了她这一举动的诱发，那个男的也回头看了一眼。这时，一个行人的肩膀，撞在发呆似的伫立着的都筑明身上，撞得细高挑儿的他，禁不住打了个趔趄。

等到都筑明好不容易站稳身子时，方才的那一对，已经消失在杂沓的人群中。

不知怎的，几年不见，菜穗子明显地变得憔悴了。她身穿白色呢大衣，并不理会走在自己身边、个儿比自己矮的丈夫，像是在思考什么问题似的，两眼正视前方，快步地走着。其间，她丈夫好像对她讲了句什么话，可是她只是淡然一笑，似乎在表示轻蔑。都筑明在迎面走来的人群中，一眼发现了他俩，觉得女的像是菜穗子，于是一霎间怦然心动了。他目不转睛地盯着那位身穿白大衣的妇女，朝前挪动着步子。这时，对方也突然向他投来惊诧的一瞥。可是不知怎的，她那投向都筑明的目光却是空虚的，一如刚才什么也没有注意到时那样。然而，面对着这直瞪瞪的目光，都筑明好像经受不住了，他不由得避开了对方的目光。就在都筑明漫不经心地觑着其他方向的当儿，身穿白大衣的妇女，终于没有认出眼前的他，仍与丈夫一起，打他身旁走了过去……

接着，都筑明嗒然若丧地朝前迈着步，仿佛他顷刻间变得糊涂起来，不明白为何只有自己，必须朝着与他俩相反的方向走去。仿佛这样行进在摩肩接踵的人群中，突然失去了任何意义似的。每天晚上，都筑明从建筑事务所下班后，并不径直回荻洼的寓所去，一般总要在这银座的人群中，无所事事地消磨几个钟头。迄今，此举好歹还有个目的，可是这个目的，对他来说似乎永远不可企及了。

都筑明此刻所在的三月中旬傍晚的街头，暮霭沉沉，夜凉袭人。

"不知怎的，菜穗子看来不太幸福啊！"都筑明继续思忖着，朝有乐町车站方向走去。"不过，我这么瞎猜，太出格啦。我简直是在幸灾乐祸……"

二

都筑明去年春天从一所私立大学的建筑系毕业后，就开始在某家建筑事务所工作。事务所设在银座一幢大楼的五楼。他每天从荻洼的公寓来所里上班，一丝不苟地致力于医院和大礼堂之类的设计。在这一年的时间里，尽管他有时也被这种设计工作整个儿地吸引住过，但他的心里，却从未认为它是令人愉快的。

"你在这种地方干什么呀？"有一种声音，经常在他的耳边回荡。

前些日子，他在街上不期而遇自己曾经发誓不再思念的菜穗子。这件使他激动不已的事，他没有告诉任何人，而只是埋在心头；现在，他对此已经不能忘怀了。那银座的熙熙攘攘的景象，黄昏时分的气息，还有与她比肩而行、看来是她丈夫的男人：这些都还历历在目。那穿着白色呢大衣、走起路来双目睐睁的她，——特别是当时她那种直愣愣地凝望天空的眼神，至今仍然清晰地留在都筑明的记忆中，只要一回想起来，他就会产生一种非把目光移开不可的痛苦感觉。——一天，都筑明突然从某件事联想到，菜穗子以前有个习惯：一遇到什么不称心的事儿，不管当着什么人的面，她都会显露出那种空虚的眼神。

"对，那天我之所以会突然觉得她似乎有点儿不幸，也许正是因为当时她那种眼神的缘故吧。"

都筑明这么思索着，暂时停下正在制图的手，透过事务所的窗户，怔怔地眺望着城市的屋顶和远方微阴的天空。这时，自己欢乐的少年时代，便突然复苏了。都筑明于是放下手中的工作，无可奈何地任凭自己追忆往事……

都筑明七岁时父母双亡，由独身的姑妈领养大。他姑妈在信州的 O 村，有一幢不大的别墅。他那光辉灿烂的少年时代，最值得怀念的是信州的 O 村，在 O 村度过的几个暑假，以及村里的邻居——三村家的人们，特别是与他同岁的菜穗子。都筑明与菜穗子经常在一起打网球，或者骑着自行车去远处游玩。当时，一个是正本能地充满幻想的少年；与此相反，另一个则是即将变得懂事明理的少女。两人在 O 村这个天地里，你躲我藏，一本正经地玩着捉迷藏游戏，而玩到一半，少女每每撇下少年，一个人溜之大吉……

有一年夏天，知名作家森于兔彦突然出现在他们的面前。他是来邻村这个遐迩闻名的高原避暑胜地作短期休养的，下榻在 M 旅社。三村夫人在那家旅社与这位老相识邂逅后，结果天南地北地闲扯了很长时间。两三天后，森于兔彦冒着夏日傍晚的骤雨，来 O 村访问；雨后，他与菜穗子和都筑明等一起，去一个养蚕的村庄散步；最后，又在村头怀着愉快的心情，与他们分了手——这一次邂逅，看来肯定给了这位业已对人生感到厌倦的孤独的作家以异样的亢奋，使他好像一下子返老还童了……

翌年夏天，这位孤独的作家再次来邻村的旅社休养，又出人意料地访问了O村。打那时候起，三村夫人的周围就出现了一种悲剧气氛。不知何故，这种悲剧气氛引起了都筑明的好奇心，使他只去注意三村夫人，而毫不理会同样的影响，已使迄今还是个快活少女的菜穗子，转眼间完全变了样。当都筑明好不容易发觉菜穗子的这种变化时，她已经到了都筑明几乎不可企及的地方去了。这个不甘示弱的少女，在此期间，独自忍受着对谁都不能透露的痛苦。其结果，她变得判若两人了。

从此以后，都筑明光辉灿烂的少年时代，便迅速地蒙上了一层阴影……

有一天，所长推开事务所的门走了进来。

"都筑君，"

所长来到都筑明的身旁。都筑明阴郁的神情，似乎让他吃了一惊。

"你脸色苍白，莫非哪儿不舒服吧？"

"不，没什么……"都筑明答道。不知怎的，他现出羞涩的神情。在都筑明看来，所长的眼睛仿佛正在询问自己：你以前工作起来不是更为专心致志吗？现在热情为何丧失到了这种地步？！

"不注意休息，搞坏了身体可不值得。"可是，所长随后说了一句出人意料的话：

"我给你一两个月的假期，你去一趟乡下怎么样？"

"说实在的，与其——"都筑明有点难于启齿。突然，他露出与众不同的、和蔼可亲的笑脸说道："——不过，能到乡下去当然好哇！"

所长似乎受了他的感染，也露出了笑脸。

"一俟现在的工作告一段落，就立刻出发吧。"

"嗯，我大体上就这么安排。其实，我一直以为这种事也许已经轮不到我了……"

都筑明一边这样答道，一边回想着自己方才下定决心，准备向所长提出辞职，但刚开了个头，又立刻打住了的事儿。他觉得，一旦辞去现在的工作，连他自己也不清楚，自己究竟是否有能力立刻开拓新的人生道路。于是，他突然打定主意，这次暂且听从所长的劝告，到什么地方去休养一段时间，这样，自己的观点也许会有所转变。

所长一走，都筑明重又现出阴郁的神情。他以一种充满感激的目光，望着心地善良的所长打自己身旁离去时的背影。

三

三村菜穗子是在距今三年前的冬天结的婚，当时她二十五岁。

　　对象黑川圭介比她大十岁，毕业于高等商业学校，现在某贸易公司工作，是个平庸之辈。圭介长期独身，与已经守寡十年的母亲相依为命。他父亲生前是个银行家，死后给他们在大森的一处山坡上留下了一座宅邸。他们就在那座古老的宅邸里，过着简朴的生活。宅邸周围的几棵山毛榉，枝叶舒展着，像是在保护这母子俩和平安宁的生活不受外界的侵扰；树枝的形状，每每使圭介回忆起爱好植树的父亲来。傍晚从工作单位回家途中，每当他挟着皮包爬坡时，抬头一看见自己家的山毛榉，他便经常会产生一种如释重负的感觉，同时不知不觉地加快了脚步。吃罢晚饭，他就把晚报摊在膝盖上，隔着长方形的火盆，与母亲和新婚的妻子谈家常，一谈就是几个小时。婚后不久，菜穗子对于这种平静得意兴索然的生活，一时似乎并不感到特别的不满。

　　只有那些了解菜穗子过去的朋友们，无不感到困惑不解：她为何要选择这么一个毫无出众之处的男人作为自己的丈夫呢？可是无人知晓，她此举的目的是为了挣脱当时正在威胁着她的不安生活。结婚快满一年时，菜穗子曾经相信自己的婚姻是正确的。夫家的和睦尽管缺乏亲热劲儿，可是对于她来说，那毕竟是一个合适的避难所。至少当时的她，是这么认为的。然而到了翌年秋天，当菜穗子的母亲——似乎因了菜穗子的婚姻，在精神上遭受沉重打击的三村夫人——患心绞痛溘然谢世后，菜穗子猛然觉得，自己的婚后生活，已经开始失去迄今的平静。她并非没有勇气默默地忍受目前这种缺乏亲热劲儿的生活，她只是觉得，如此欺骗自己来忍受这种生活的理由，压根儿已经不复存在了。

尽管如此，在母亲去世后不久，菜穗子还是一如既往，仿佛什么事情也没有发生过似的打发着日子，虽然她的神情，像是在竭力忍受某种痛苦。丈夫圭介依然如故，晚饭后照例不离饭厅。现在，他基本上只与自己的母亲谈家常，来消磨几个小时的光阴。他对经常被置于闲谈之外的菜穗子似乎漠不关心。圭介的母亲毕竟是个女人，她并没有忽视菜穗子近来烦躁不安的神态。她最为担心的是：自己的媳妇对于迄今的生活似乎产生了一种不满（原因何在，她不得而知）；这种不满，最终很有可能导致自己家庭的气氛变得抑郁恼人。

近来，每当菜穗子辗转反侧，夜不成寐，不由得咳嗽起来时，睡在邻屋的圭介母亲便会立刻醒来。一醒过来，她好像再也睡不着了。可是当她因圭介或其他东西发出的声响惊醒时，却肯定能立刻重返梦乡。这种情况，菜穗子也知道得一清二楚，无不在心头激起层层波澜。

在这类事情上，菜穗子不能不经常体验到那些寄人篱下，自己想干的事情一件也干不了的人每每产生的、撕心裂肺般的痛苦感觉。这种感觉，使婚前似乎就潜伏在她体内的病魔逐渐肆虐起来。菜穗子明显地消瘦下去了。与此同时，在她的内心深处，还不知不觉地涌起了一股对于自身的、类似乡愁的感情。这种感情，她早在婚前就已消失殆尽，可是如今，却反而越发强烈起来了。不过，菜穗子好像正在下决心，尽可能抑制这种感情，使它连自己也无法觉察到。

三月的一天傍晚，菜穗子有事与丈夫一起去银座，不意在杂沓的人群中，发现了一个高个儿，很像是自己孩提时的朋友都筑明。不知怎的，那个高个儿尽管神情沮丧，但依旧令人眷恋。当时，好像是对方首先注意到了自己。等到自己好不容易想起他是都筑明时，双方已经擦肩而过，而且都走远了。当自己回头看望时，都筑明高高的身躯，已经消失在潮水般的人群中。

对于菜穗子来说，这似乎是一次无足轻重的邂逅。可是自从这次邂逅之后，随着时光的流逝，不知怎的，她开始觉得与丈夫一起外出，就会莫名其妙地感到不快。特别叫她惊异的是，她发觉这种不快之感，显然来自一种自我欺骗的意识。类似这种不快的感情，菜穗子近来经常下意识地、朦朦胧胧地感受到。可是，自从遇见踽踽独行的都筑明后，不知何故，这种感情就立刻变得明朗起来。

四

当所长叫都筑明到乡下去休息一段时间时，都筑明立刻想到了信州的 O 村——他少年时代度过几个夏天的地方。那里也许还很冷吧；山上估计还有积雪；不过，万象更新的季节迫在眉睫了。迄今尚未领略过的早春的山乡风物，比什么都吸引他。

O 村原是个驿站，有着悠久的历史。村里有一家夏天接待学生的大旅社，名叫"牡丹屋"。都筑明想起这家旅社后，便写信去询问。对方回答说：不管什么时候来都行。因此四月初，都筑明正式向所长请了假，决定去信州旅行。

都筑明搭乘的信越线列车，驶过桑田星罗棋布的上州后，终于来到信州。一到信州，景色骤然一变，呈现在眼前的，是典型的山乡风光：枯萎的草木尚未绽出新芽；背阴处的山坡上，还稀稀拉拉地残留着积雪。当天傍晚，都筑明在紧挨浅间山的一个峡谷中的小火车站下了车。积雪消融后的浅间山光秃秃的，显得有点儿异样。

从车站到O村，沿途一如既往的景色，使都筑明产生了一种不可名状的凄凉之感。这种凄凉之感，不光是在"景色依旧，唯有自己今非昔比"的心情支配下产生的，还因为那沿途的景色本身，原先就颇为凄凉：从车站出发的坡道、不时辉映着夕阳残照的路边积雪、森林边一幢仿佛业已被人遗忘的行将倾圮的小屋、一望无垠的森林、表明森林才走完一半的那条岔道（岔道一头通往村庄，另一头通往都筑明少年时代曾在那里度过暑假的林中别墅……）、还有坐落在火山脚下缓坡上的倾斜的小村庄——这座一出森林便能立刻望见的村庄，给旅游者留下了深刻的印象……

在O村恬静而略感恍惚的生活开始了。

山乡的春天姗姗来迟，树林几乎还是光秃秃的。可是从那些在树枝间蹦来跳去的小鸟身上，已经可以看出它们在春天才会有的敏捷劲儿。一到黄昏，附近的树林里经常有山鸡在啼鸣。

牡丹屋的那几位，都还记得少年时代的都筑明，和几年前已经作古的他的姑母，他们亲切地接待了他。年过七旬的老板的母亲、跛足的老板、从东京嫁过来的年轻的老板娘、还有离婚后重返娘家的老板的姐姐阿叶——关于这些人的情况，都筑明在少年时代就时有所闻。特别是老板的姐姐阿叶，都筑明听说她年轻时长得很漂亮，被人看中后，嫁到在邻村这有名的避暑胜地也属第一流的 M 旅社去了。可是由于性格的关系，她始终讨厌那里，待了一年光景，就自己跑了回来。因此，对于这位阿叶，不知怎的，都筑明以前就颇感兴趣。不过这位阿叶，有个今年十九岁，七八年前得了脊髓炎，就此卧床不起的女儿初枝，都筑明却是在这次逗留期间才知道的……

作为年轻时有过这么一段经历的、容貌姣好的女性，阿叶现在的那副样子，就显得太随便了，简直像个凡庸的妇女。不过虽已年近四十，平素却仍在厨房等处辛勤地操劳着的她，一举一动，还完全像个姑娘。在如此偏僻的山乡，居然有这样一位妇女，都筑明感到不胜依恋。

树林和透过其枝桠尚能望见的火山，一天天显出了生气。

都筑明来到这里，已有一星期了。整个村子，他几乎都已走遍。森林中以前曾经住过的房子，他也去看过好几次。姑母的小别墅，十有八九已经易主；旁边的那幢有着高大挺拔榆树的别墅，是三村家的。这两幢别墅，门窗都钉得死死的，似乎多年来无人光临过。以前，榆树下面是夏日午后大伙儿经常集聚的地方。如今，那张埋在无数落叶中的半倾的长椅，眼看就要散架了。都筑明至今还能清晰地回忆起，在那树荫下度过的最后一个夏天的情景来。夏末的一天，先前就有消息说又来到邻村那家旅社的森于兔彦，突然来O村访问。几天后，菜穗子没跟任何人打招呼，就急匆匆地回东京去了。翌日，都筑明才在这榆树下，听三村夫人谈起菜穗子不辞而别的事。都筑明总觉得，菜穗子出走是自己惹的祸，于是露出一副心烦意乱、焦躁不安的样子。他终于下决心问道："菜穗子临走时，什么话也没有留给我吗？""嗯，什么话也……"三村夫人以沉思的、黯淡的目光，注视着都筑明，"因为她是那么一个人……"少年仿佛在忍受着某种痛苦似的，用力点了点头，就一声不吭地走开了。这是都筑明最后一次来到周围栽着榆树的三村家。因为打第二年起，姑妈离开了人世，都筑明就不再来 O 村了。……

都筑明有好多次坐在那张半倾的长椅上，一边回忆着在 O 村的最后一个夏天，与三村夫人的那段谈话，一边思索着看来永远不可能再回头的菜穗子。有一次，他刚想起菜穗子，就突然站起身来，下决心再也不来这儿了。

不久，开始下起春天般的阵雨来，每天必定下一二场。一天，都筑明在离村很远的树林中，遇到了一场伴随着雷鸣的倾盆大雨。

被雨淋得湿透的都筑明，发现林间空地上有座很小的茅舍，就慌不迭地冲了进去。他起先以为这可能是堆放什么东西的贮藏室。及至进去一看，里面一团漆黑，似乎空空如也；屋子的进深比想象的要大。都筑明摸索着下了五六级阶梯。下面的空气非同一般，冷丝丝的，他不禁打了个寒颤。可是更叫他惊异的是，他发觉茅舍深处，似乎有个先于自己进来避雨的人。等到眼睛好不容易适应周围环境时，他看到避雨的原来是个姑娘。由于自己的突然闯入，此刻，她正在往角落里退缩。

"好大的雨呀！"都筑明一看是个姑娘，便羞赧地自言自语道，随即把背朝向姑娘，抬头望着屋外。

可是，雨越下越猛了。雨水冲刷着茅舍前火山灰质的地面，形成一股泥流；泥流又带走了枯枝落叶等。

茅草顶有一半已经损坏，许多地方开始漏雨。都筑明无法再在原地待下去，就一步步地朝后退去。他与姑娘的距离渐渐地缩短了。

"好大的雨呀！"都筑明冲着姑娘重复了一句，声音比方才更尖利。

"……"姑娘没有吭声，似乎点了点头。

都筑明此刻才得以在近处观察姑娘。他发现姑

娘原来是村里那家棉花店的女儿，名叫早苗。姑娘呢，看来早就在注意都筑明了

都筑明觉得，在光线如此暗淡的小屋里，与那位姑娘闷不吱声地单独相处，是相当难受的。所以当他知道姑娘是早苗时，便用依然有点尖利的声音问道：

"这座茅舍，究竟是干啥用的？"

可是不知何故，姑娘只是显得很局促不安，根本不回答都筑明的问题。

"看来不是一般的贮藏室，不过……"都筑明的眼睛已经完全适应，他环视了一下屋内。

这时，姑娘终于轻轻地回答了一句：

"是冰屋。"

从屋顶的缝隙中，雨水还在嘀嘀嗒嗒地不断往下滴。不过，这场电闪雷鸣的倾盆大雨，总算停了下来，外面多少明亮了点。

都筑明突然轻松愉快地问道："这就是所谓的冰

屋？……"

从前，当铁路修筑到这一带时，村里有些人就在冬天把天然冰采集起来，贮藏在冰屋中，到夏天再运往各地。可是自从东京出现规模巨大的制冰公司后，渐渐地，冰屋就无人经营了。结果，许多冰屋就这样在各处空关着，任其颓败倾圮。这种冰屋，森林中也许至今还残存着吧。都筑明以前就经常听村里人这么说过，可是亲眼目睹，在他却还是第一次。

"我总觉得马上就会塌下来似的……"说着，都筑明再次慢悠悠地环视了一下屋内。突然，从方才一直在滴水的屋顶缝隙中，射入几道细长的阳光。姑娘随即抬起头，望着屋顶缝隙处。她有着一张皮肤白净的脸蛋，不像乡下人。都筑明偷偷地瞅着姑娘的脸蛋，顿时觉得她很美。

姑娘尾随都筑明走出了茅舍，手里提着一只小篮。方才，她去树林对面的小河边采芹菜，结果在归途中遇到了雷雨。两人走出了树林后，便一声不响地穿行在桑田之间，忽前忽后地回村去了。

打那天起，有着上述冰屋的林间空地，就成了都筑明流连忘返的地方。每天下午，他总要上那儿去，躺在行将倾圮的冰屋前的草地上，透过冰屋对面的树林，久久地眺望着近在咫尺的火山。

一到傍晚，采芹归来的早苗就会打他身旁经过。于是，两人就站着交谈几句，这已经成了他们的习惯。

五

不久，都筑明和早苗开始每天下午在那座冰屋前一起待上几个小时。

有一天刮风，都筑明发觉姑娘的耳朵有点背。在刚刚绽出新芽的树林里，无数枝丫在阵风中摇曳着，不时发出飒飒的声响，与此同时，梢头不易觉察的嫩芽，便会泛起银光。这时，姑娘好像听到了什么似的，现出庄严的神情，使都筑明立时目瞪口呆。都筑明觉得，与这位姑娘只要这样闷不吱声地待在一起，就心满意足了。在相对无言中，他会产生这样一种感觉：仿佛两人正在进行着比起尽情地吐露所欲之言来更为深入的谈话。他还认为，不带任何其他欲望的幽会，是最美好不过的。都筑明同时还想到，关于这一点，对方也总得明白才是……

而早苗呢，对于都筑明的心思，她虽然不大了然，但由于她一说出什么多余的话，都筑明便会立刻生气似的别过头去，因此多数场合，几乎一言不发。最初，她不知道原因何在，她还以为都筑明下榻的牡丹屋与自己家尽管是亲戚，但关系一向不好，因此自己无意中说出的关于阿叶他们的话，也许有什么惹都筑明生气的地方吧。可是谈论起其他事情来，任你怎么谈，都筑明依然默不作声。只有当早苗谈起自己的少年时代时，都筑明才会对她的话语饶有兴趣地侧耳倾听。特别是关于她自小熟识的朋友——阿叶的女儿初枝小时候的情况，都筑明让她反复讲了好几遍。初枝十二岁那年的冬天，在去乡村小学的路上，不知被谁推了一下，跌倒在冻得硬邦邦的雪地上，因此得了脊髓炎，至今尚未痊愈。在场的许多同村的孩子，居然没有一个知道这种恶作剧是谁干的……

都筑明聆听着有关初枝童年时的遭遇，突然在心中描绘着争胜好强的阿叶，一个人在背地里流露出来的凄凉神情。现在，阿叶对于自己已经毫不在乎，她活着似乎是为自己的女儿牺牲一切。他无意中又回忆起，几年前当自己还是一个少年，来O村度暑假时，曾经听到过的有关这位阿叶的流言蜚语：说什么那年春天，她家里来了位温习功课的法科学生，一直待到冬天还不想回去；她与那位学生似乎……这件事，甚至连别墅里的人们也议论过。阿叶也有过这种一时糊涂！都筑明觉得，自己在心中描绘着的阿叶的形象，因而变得更加完整了……

都筑明目光呆滞地回忆着往事；早苗则在他的身旁，不断地把周围的草拉过来，抚弄着自己的脚腕。

两人经常这样待上两三个小时，然后在黄昏时分各自回村去。归途中，都筑明多次在桑田里遇见一个骑自行车的巡警。这个负责在附近几个村庄巡行的年轻巡警，人缘很好，都筑明走过时，他经常朝都筑明点点头。后来，都筑明在无意中知悉，这个和善相的年轻巡警，原来是自己刚刚与之分手的早苗的热烈追求者。从此，都筑明对这位年轻巡警，更是产生了一种特殊的好感。

六

有一天早晨，菜穗子刚要起床时，突然剧烈地咳嗽起来。她觉得吐出的痰有点异样，一看，颜色鲜红鲜红的。

菜穗子沉着地独自把痰处理掉，就像往常一样起了床，跟谁都没有声张。整个白天，从外表上看，她没有任何异样。可是到了晚上，当她看到丈夫下班回来后，依然是一副无所用心的神情时，就突然想急一急他。于是，等婆婆走开后，菜穗子就把早晨咯血的事儿，悄悄地向丈夫和盘托出了。

"什么？如果就那么点，那不要紧。"圭介嘴上虽然这么说，但脸色顿时变了，叫人看着怪可怜的。

菜穗子故意一声不吭，只是目不转睛地盯着丈夫。这样，她丈夫方才所说的话，就等于白说。

圭介别过头，避开菜穗子愣怔的目光。他没有再说与此相类似的宽心话。

翌日，圭介把菜穗子的病患告诉了母亲，并与母亲商量了近期内是否让菜穗子变换一下环境的问题；他把咯血的事儿按下不表。他还补充说，菜穗子也同意变换一下环境。老八板儿的圭介母亲，当着圭介的面居然喜形于色——因为让最近一个时期整日愁眉锁眼的媳妇暂时住开，自己就又能像从前一样，与儿子两人单独相处了。不过她顾忌社会舆论，怎么也不同意让患病的媳妇一个人出门。替菜穗子看病的医生，终于说服了圭介母亲。根据那位医生的推荐和菜穗子本人的愿望，地点就选择在信州八岳山麓的某个高原疗养所。

一个天空布满薄云的早晨，菜穗子在丈夫和婆婆的陪同下，搭乘中央线列车上那个疗养所去了。

下午，他们一行抵达那个坐落在山脚下的疗养所。圭介和母亲一直待到亲眼看见菜穗子被作为一个病人，安排在二楼的一间病房里，才在太阳快要下山时，急匆匆地赶回家去。圭介母亲在疗养所里老是佝偻着，仿佛害怕什么似的；而怯懦的圭介呢，只要母亲在场，他就连话也难得跟菜穗子讲。菜穗子一边送着丈夫和婆婆，一边总觉得无法老老实实地相信，这位婆婆是特地与丈夫一起陪自己上这儿来的。看来，与其说她真的对自己如此劳神费心，倒不如说她最为害怕的是，让圭介与自己这个病人单独相处，就难以使圭介的心从自己身上离去了。另一方面，菜穗子又以这样的心情来看待自己：不能不猜忌到这一步的自己，比起如今不得不一个人待在这种高原疗养所的自己来，似乎更为孤寂。

"这儿的确是我再好不过的避难所。"最初几天，当菜穗子独自吃完晚饭，凭窗眺望山峦和森林，默默地告别白天时，她这么思忖过。她来到阳台上，阳台上也只能听到从邻近几个村子传来的声音——这声音好像来自遥远的地方。风儿不时把树木的馨香，冷不丁地送到她的身旁。那可以说是这儿公认的、唯一的生的气息。

为了回顾自己出乎意料的命运，菜穗子以前是多么希冀一个人单独待着啊！——就像现在这样。直到昨天为止，她还在渴望寻找一个场所，以便让自己的心，一任没有来由的、不可思议的绝望所播弄，直到自己觉得满意为止。如今，这一切都即将如愿以偿。如今，她可以完全由着自己的性子，既不必洗耳恭听，也不必强颜欢笑。她已经不用担心自己的表情和眼神了。

呵，在如此孤独的环境中，她居然获得了令人惊异的新生！——这种孤独，她是多么求之不得啊！以前，每当一家团圆，她坐在婆婆和丈夫旁边时，她就觉得自己的心，仿佛被一种不可名状的孤独感攫住了似的。现在必须孑然一身地待在高原疗养所的她，此刻才体味到一种生之愉悦。生之愉悦？这仅仅是疾病本身的倦怠，以及由此产生的、对于一切琐事的漠然态度呢，还是疾病为对抗受压抑的生活，而随意产生的一种幻觉呢？

一天就像其他的日子一样，慢悠悠地过去了。

在这种孤独然而并不无聊的日子里，菜穗子无论精神或肉体，都奇迹般地开始复苏了——这是事实。但在另一方面，身心越是复苏，她就越是不能否认：好不容易开始复原的自己，与对此产生过强烈乡愁的昔日的自己，已经有了某种差别。她不再是昔日豆蔻年华的姑娘了，不再是独自一个人了。她已经成了人家的妻子——尽管并非出于本意。那些令人郁闷的日常举止动作，在如此孤独的生活中，虽然已对她的所作所为失去了意义，但还是执拗地浮现在她的眼前。她现在仿佛依然与谁待在一起似的，经常会无缘无故地皱眉蹙额，无缘无故地强颜欢笑。还有，她的眼睛经常会自然而然地、长时间地凝视着空中，就像在探究某种令人生厌的东西似的。

"再稍微忍耐一下……再稍微……"每次意识到自己的这种神态时，菜穗子总要莫名其妙地自言自语道。

七

　　已经到了五月份。圭介的母亲，经常寄来一封封表示慰问的长信，而圭介几乎没有给她写过一封信。菜穗子觉得，圭介就是这么一个人，其结果，是否给他写信，也就可以随自己高兴了。每逢非得给婆婆写回信时，菜穗子即使心情甚佳，已经起了床，也总要特地仰天躺在床上，用铅笔费劲地写着。这样，可以伪装一下自己写信时的心情。倘若对方不是这么一个婆婆，而是性格更为爽直的圭介，估计她也不会把自己在目今的孤独中感受到的复苏的喜悦，始终秘而不宣——哪怕是为了急急他……

　　"可怜的菜穗子，"孤零零的一个人，心情尽管很舒畅，可是菜穗子有时也会自言自语，仿佛在怜悯自己，"你把自己周围的人统统赶开后小心翼翼地保护着的自己，对于你是那么宝贵吗？你确信'这就是我自己'，因而如此煞费苦心地加以保护的，日后仔细一瞧，会不会在不知不觉中，已经变得虚有其表了呢？⋯⋯"

这种时候，为了使自己摆脱上述的违心之论，菜穗子知道只要将目光移向窗外就行了。

窗外，风儿在不断地吹送着树叶的馨香，翻弄着正反面颜色深浅不同的树叶，并把树叶吹得飒飒作响。"呵，那么多的树木⋯⋯呵，多么好闻的香味呀！⋯⋯"

一天，菜穗子前去看病时经过底楼走廊，发现二十七号病房门外，有位身穿白色毛衣的青年，用双手捂着脸，正在那里伤心地啜泣。这位青年是来伺候身患重病的年轻的未婚妻的，看上去很稳重。几天前，他的未婚妻突然病势危笃，走廊上经常可以看到他那白色的身影在晃动——他一个人在病房和诊疗室之间来回奔走着，眼睛也有点熬红了……

"到底没治啦！真可怜……"菜穗子这么思忖着，赶紧打青年身旁走了过去。她不忍心再看到青年的那副可怜相。

走过护士室时，她忽然担心起来，于是就拐进去打听了一下。一打听才知道：原来，那位年轻姑娘的病情，方才突然奇迹般地出现了转机，人也开始显得精神了。这些天来一直沉静地伺候在病榻旁的青年发现这一变化后，立刻撇开未婚妻奔了出来，然后躲在门边，哇的一声哭了起来。他是因为高兴才哭泣的；他的哭声很响，连病人也听得见……

看完病回来时，菜穗子发现那位身穿白毛衣的青年，依然站在二十七号病房前，双手跟方才一样，还是捂着脸，不过哭声毕竟止住了。这次，菜穗子不觉以贪婪的目光，盯着那位青年耸动着的肩膀，一边迈着大步，慢慢地打他身旁走了过去。

从那天起，菜穗子的心，就莫名其妙地觉得每天都很郁闷。一有机会，她总要拉住护士，刨根问底地打听那位姑娘的病情，她也打心眼里同情那位姑娘。可是五六天后，那位年轻姑娘在深更半夜突然咯血不止，一命归阴了。那位穿白毛衣的青年，也不知何时离开了疗养所。知悉这件事后，菜穗子不由得产生了一种从郁闷中解放出来的感觉。这种郁闷，连她自己也不知道缘由何在，而且也根本不想去弄清它。几天来一直无情地折磨着她、压得她喘不过气来的痛苦之感，看来就此被忘却了。

八

　　都筑明依然在冰屋旁，继续着与早苗的幽会。

　　可是都筑明变得越发难以相处了：他甚至连话也很少让早苗讲；他自己也几乎一言不发。两人就是肩并肩地坐着，一起眺望飘荡在天上的云朵，和杂木林中油绿可爱的嫩叶。

都筑明不时把目光转向姑娘，长时间地、纹丝不动地凝视着。姑娘倘若无意中破颜一笑，他就会怒形于色，立刻别过头去。他变得连姑娘的笑也不能容忍了。看来，唯一让他中意的，是姑娘天真无邪的模样。慢慢的，姑娘也摸到了他的脾气。后来，她即使理会到都筑明正在注视自己，也故意装出一副毫无觉察的样子。都筑明有个习惯，就是当他注视早苗时，一边似乎还会把目光透过早苗，投向更远的地方。他的这种目光，早苗能在肩头感受到……

不过，都筑明的目光，从来没有像今天落得这么远。早苗甚至怀疑，这也许是自己神经过敏吧。就在今天，姑娘想把自己在今年秋天非嫁出去不可的事儿，委婉地告诉都筑明。她把此事告诉都筑明，并非表明自己满不在乎。她只是想让都筑明知道这件事后，自己就痛痛快快地大哭一场，以此来向自己少女时代的一切，作郑重的告别。因为与都筑明的这段交往，使她第一次认识到自己是个真正的姑娘。她甚至觉得，只要是都筑明，不管他向自己提出多么令人难堪的要求，自己不仅不会生气，反而会越发变成一个真正的姑娘……

从方才起，远处的森林中开始传来树木倒地的声音。

"什么地方好像在伐木呐。那声音叫人有点不好受哇！"都筑明突然自言自语道。

"那一带森林，原先统统是牡丹屋的，可是两三年前全卖掉了……"早苗淡然地说。接着，她便暗自思忖，自己讲话的口吻，是否有惹都筑明生气的地方？

都筑明一声不吭，继续凝视着天空，唯有眼睛痛苦地闪亮了一下。他在思索：这个村子里最有来历的牡丹屋，难道非得把地皮一点点地转让给别人吗？跛足的老板、年已古稀的老板母亲、阿叶、还有她那病魔缠身的女儿……这些可怜的世家成员！

那天，早苗终于未能说出自己想说的话。红日西沉，早苗撇下都筑明，一个人恋恋不舍地先回去了。

都筑明像往常一样，冷冷地让早苗回去后，不一会儿，他觉得早苗今天分手时的神态，似乎有点依恋，于是霍地站了起来，走到一棵望得见早苗背影的红松下，目送她沿着乡间小路回村去。

乡间小路沐浴在夕阳返照中。半路上，早苗的身边出现了手推自行车的年轻巡警。都筑明一直望着他俩若即若离地渐渐远去。

"你正想这样回到你原来的地方去……"都筑明暗自思忖，"而我呢，倒是先前就希望有这么个结局。在我看来，我仿佛仅仅是为了失去你才追求你的。如今，你离我而去，这将使我不胜悲哀。但是这种悲哀，正是我所需要的……"

这种陡然产生的想法，似乎使都筑明非常满意。他现出毅然决然的神情，手搭红松，目送着沐浴在夕阳中的早苗和巡警，直到他俩的身影完全消失为止。

一路上，他俩始终隔着自行车，若即若离地走着。

九

到了六月份，菜穗子被允许进行二十分钟的散步了。心情好的日子，她经常一个人蹓跶到山脚下的牧场那边。

牧场非常宽广，一直延伸到遥远的地方。地平线附近，一些间隔不等的树丛，在地上投下近乎紫色的阴影。牧场尽头，十几头牛和马凑在一起，东游西荡地在吃青草。整个牧场围着栅栏，菜穗子沿栅栏走着。最初，她让一些不着边际的想法，像翩然飞舞在牧场上的黄蝴蝶那样自由地飞翔。后来，她便逐渐考虑起自己平素也在考虑的问题来了。

"啊，我为什么要跟这么一个男人结婚呢？"菜穗子一想到这个问题，就在草地上随便找个地方坐了下来。她扪心自问，当时难道没有其他生活道路可走了吗？"当时自己为何要那么慌不择路地遁入这种婚姻中呢？——仿佛这种婚姻是唯一的避难所似的。"菜穗子回忆起举行婚礼时的情景来：她与新郎圭介并肩站在礼堂门口，向前来祝贺的小伙子们点头致意。她想，自己与这些小伙子也是能够结合的。因此之故，她对站在自己身边、个子比自己矮的丈夫，反倒产生了一种无所谓的感觉。"啊，那天我所感受到的那种心灵上的平静，如今到哪里去啦？"

有一天，菜穗子从栅栏里钻进牧场，在草地上走了相当长的一段距离。她发现牧场的正中央，孤零零地耸立着一棵大树。不知何故，那棵挺拔的大树给人以悲凉的感觉，一下子攫住了菜穗子的心。恰巧，成群的牛马都在牧场尽头吃草，所以她一边留意着那些牛马，一边下决心尽可能挨近那棵大树。大树越来越近了。菜穗子一看，不知道这棵树叫什么名字，但见树干分成两根杈子：一根绿叶繁茂，另一根却已完全枯死，给人以痛苦郁闷的感觉。菜穗子比较着形状优美的树叶随风摇曳、熠熠闪亮的枝桠，和可怜巴巴的枯枝，感到："我活着也是这般模样哟！准没错儿。一半已经枯死……"

想到这里，她独自有点激动起来。往回走时，对于牧场上的那些牛马，她已经不觉得可怕了。

临近六月底时，好像到了梅雨季节，天空阴沉沉的，菜穗子有好几天未能出去散步。这种无聊的日子，连喜欢孤独的她，也几乎不堪忍受了。整天无所事事，唯等夜幕降临。而夜幕好不容易降临后，又经常会传来令人抑郁的雨声。

在这种略有寒意的日子里，一天，圭介母亲突然来探望菜穗子了。听到这个消息后，菜穗子就到大门口去迎接婆婆。大门口恰巧有个年轻的病人要出院，其他病人和护士正在给他送行。菜穗子和婆婆一起，也加入了送行者的行列。旁边有位护士附在她的耳边悄悄地告诉她说，那位年轻的农林技师，因为想完成自己搞的一项研究，不听医生忠告，硬要下山去。"噢——！"菜穗子不觉发出一声惊叹，重新打量着那位青年。人群中唯有他换上了西服，所以粗粗一看，根本看不出是个有病的人。可是仔细一瞧，比起手脚晒得黢黑的其他病人来，他瘦得简直落了形，而且脸色也不好。然而在他的眉宇间，却洋溢着一种其他病人所没有的蓬勃生气。菜穗子对于这位陌生的青年，产生了一种好感……

"那边都是些病人吗？"与菜穗子一起步入走廊时，菜穗子的婆婆以诧异的口吻问道，"所有人看上去都不是比普通人精神吗？"

"看上去精神，其实都是有病的呀！"出乎意料，菜穗子站在病人们一边。

"气压等一旦发生剧变，那些人中间就立刻会有许多人吐血呐。因此，当病人们凑在一起时，尽管大家都在猜测，下次不知该轮到谁了，但唯有一点，是相互保密的——那就是担心下次轮到自己。所以，与其说他们精神，倒不如说他们只是在喧闹。"

菜穗子发表着自己的独特见解，同时对婆婆的来访显得乐不可支。她似乎担心自己一个人长待在这种高原疗养所里会被人讲闲话，就忐忑不安地把自己的左肺还有杂音的事儿告诉了婆婆。

菜穗子的病房，在疗养所尽头那栋楼的二楼。进入弥漫着甲酚味儿的病房后，婆婆只是环视了一下，便像害怕长待在里面似的，赶紧走到了阳台上。阳台上凉丝丝的。

"哎，她来到这儿后，为什么老是这么弯腰曲背啊？"菜穗子暗自思忖道，一边盯着手扶栏杆、面孔朝外的婆婆，仿佛她是一件令人生厌的东西。一会儿，婆婆不意朝她回过头来。当她发现菜穗子直愣愣地盯着自己时，脸上立刻堆起了笑容。

约莫过了一小时，任凭菜穗子怎么挽留，婆婆表示无论如何要立刻回去了。菜穗子送她，再次来到大门口。一路上，婆婆像是害怕什么似的，老是故意伛偻着。菜穗子空前强烈地感到，婆婆有点儿做作……

✝

许多人在人生初始阶段体验到的道理——"为他人而吃苦"，黑川圭介活了半辈子才总算领悟到……

九月初的一天，圭介在丸之内的工作单位里，接待了一位远亲——长与的访问。长与是来谈生意的。谈到最后，两人的话题就逐渐转到个人方面去了。

"听说你的妻子进了某结核病疗养所，是吗？后来怎么样啦？"长与问道。他向人发问时有个习惯，就是总爱莫明其妙地眨巴眼睛。

"嗯，好像不要紧。"圭介简单地回答了一句，就想把话岔开。使他感到惊讶的是，关于菜穗子得了肺病，住进疗养所的事儿，母亲很忌讳，对谁都

• 176 •

没有提起，可是此人怎么会知道的呢？

"我怎么听说，她已经住进第三期病人的特别病房啦？"

"没有这回事，肯定搞错了。"

"是吗？但愿如此……这件事，据说是我母亲前几天从你母亲那里听来的呐。"

圭介的脸色，变得与平素迥异："我母亲根本不可能讲这种话……"

圭介始终感到疑云难消。他怏怏不乐地送走了这位朋友。

当天晚上，与母亲两个人对着饭桌默默地吃饭时，圭介不露声色地说道：

"菜穗子进疗养所的事儿，长与已经知道啦！"

母亲显得有点摸不着头脑："噢，这件事他们怎么会知道的呢？"

听母亲这么一说，圭介不快地把头别了过去，仿佛他突然记挂起此刻并不在自己身旁的菜穗子似的。平素吃饭时，菜穗子经常被置于他们母子俩的谈话之外。圭介和母亲一向以谈论往昔的熟人、琐碎的日常经济问题等，来消磨时间。可是对于菜穗子，他们似乎漠不关心。这种场合，菜穗子每每低着头，神经显得很紧张，仿佛正在默默忍受某种痛苦似的。此刻，圭介的眼前，清晰地浮现出菜穗子低头不语的神态来。这在圭介，可以说还是破题儿头一遭……

母亲忌讳自己的儿媳患了肺病，住进疗养所的事儿为外人所知，所以对外佯称：菜穗子只是有点神经衰弱，想变换一下环境。而且，她还要圭介记住这一点，一次也不让他到妻子那里去探望。因此，圭介迄今绝对没有想到，母亲居然会在背后故意散布菜穗子生病的消息。

圭介虽然知道，菜穗子似乎经常在给母亲写信，而母亲也经常在回信。可是由于他难得向母亲打听妻子的病情，因此始终只满足于母亲三言两语的回答，而根本不想进一步了解：她们之间究竟在通些什么信？根据长与那天的谈话，圭介发觉有件事，母亲似乎一直在瞒着自己。于是，他突然对母亲产生了一种不可名状的焦躁感，同时也对自己迄今的做法，感到后悔莫及。

两三天后，圭介突然表示翌日要向公司请假，去探望妻子，态度极为坚决。母亲一听，顿时现出难以形容的苦涩表情，但也没有特别加以阻挠。

十一

黑川圭介动身去信州南部的日子，正值台风频仍的九月上旬，天空阴云翻滚，呈现出一派狂风暴雨即将来临的景象。一路上，他朦朦胧胧地担心自己的妻子也许由于病情恶化，正在死亡线上挣扎。这种担心，使他的身体不禁颤抖起来。风一阵猛似一阵，大滴大滴的雨点，啪嗒啪嗒地叩击着火车的玻璃窗。火车冒着如此猛烈的暴风雨，驶抵信州附近的山地时，由于路轨呈"之"字形上升，因此倒了好几次车。隔着雨幕，车窗外的景色简直混沌一片。待在车内，每当火车倒车时，不习惯于出门旅行的圭介，就会产生这样的感觉：自己仿佛正在被带往一个一无所知的地方。

火车驶抵山谷中一个普普通通的小车站后，眼看又要启动了。圭介这才发觉，疗养所就在这个站下车。他于是慌不迭地冒着暴风雨下了车，人立刻被雨淋得精湿。

车站前的风雨中，只停着一辆破旧的小汽车。除圭介外，还有一个年轻的妇女要上那家疗养所去，因此两人决定同乘一辆车。

"有位病人病情突然恶化，我得立刻赶去，所以……"年轻的妇女说道，神情像是在表示歉意。圭介从她的谈话中得知，她是邻县 K 市的护士，是在接到"疗养所里有位病人咯血不止，需要立刻派人服侍"的电话后赶来的。

圭介突然忐忑不安起来，冷不丁地问道："是位女病人吗？"

"不，好像是头一次吐血的小伙子。"护士漫不经心地答道。

汽车在风雨交加中行驶，车轮几次把水洼中的积水，溅向沿街污秽的房屋。穿过小村庄后，它便朝坐落在斜坡上的疗养所攀登。这时，引擎声骤然高亢起来，车身开始倾斜。圭介的心中，依然有点儿惴惴……

抵达疗养所，似乎正赶上病人们的静养时间，大门口阒无一人。圭介脱掉湿鞋，自个儿换上拖鞋，便大模大样地跨上走廊，凭着记忆，拐弯朝一栋楼走去。及至发现自己走错时，他又折了回来。半路上，有一间病房的门半掩着，圭介无意中朝里面张望了一下。他望见紧挨门边的床上，仰天躺着一位髭须稀疏、面色如蜡的男青年。那青年发现站在门外的圭介后，并没有掉过头来，只是把一双鸟眼似的睁得大大的眼睛，慢慢地转向圭介。

圭介不觉一惊，正欲赶紧离开门边。这时，里面有人走过来，把门关上了；关门时，似乎还向圭介微微地点了点头。圭介定睛一看，此人原来就是从车站与自己搭乘同一辆汽车来的那位年轻妇女。此刻，她已经换上了白衣服。

圭介好不容易在走廊上拦住一位护士，才打听到菜穗子的病房还在前面一栋楼。按照护士的指点，他从走廊尽头的楼梯上了二楼。"啊，就是这儿！"圭介回忆起上次陪妻子来疗养所时的种种情景，心里扑通扑通地直跳。他朝菜穗子所在的三号病房走去。圭介暗自思忖：菜穗子说不定也已奄奄一息，将瞪着与方才那位咯血青年一样的、令人可怕的大眼睛望着自己，最初还闹不清自己是谁呢！想到这里，圭介的身子不由得颤抖起来。

圭介首先定了定神，在门上轻轻地叩了几下，然后慢慢地将门打开。他发现菜穗子躺在床上，背对着门，似乎并不想知道来者是谁。

"噢，原来是你？"菜穗子勉勉强强地回过头来，仰视着他。也许她人有点憔悴，因此眼睛就显得更大了。这时，她的眼睛里，突然闪射出异样的光芒。

圭介见状，多少有点放心，但又不觉黯然神伤起来。

"一直想来，可是忙得不可开交，终于没有来成。"

听了丈夫的解释，菜穗子眼睛中的异样光芒，倏忽消失了。她把迅速暗淡下来的目光，从丈夫身上移开，转向双层玻璃窗方向。狂风不时猛地把大滴大滴的雨点儿，刮到外层玻璃窗上。

自己冒着这样的狂风暴雨赶到山里来，然而妻子却是一副无动于衷的样子，对此，圭介略有不满。

可是一想到没有见到妻子前，压得自己喘不过气来的不安时，他便立刻恢复了平静。

"怎么样，来这儿后一直很好吧？"圭介说着，把目光从妻子的脸上移开。这是他平素与妻子谈正经事时的习惯。

"……"菜穗子尽管知道丈夫有这种习惯，但她似乎并不理会对方是否在觑着自己，只是默默地点了点头。

"没有什么，只要安心地在这儿再待上一段时间，你的病马上就会好的。"圭介的眼前，浮现着一双适才无意中看到的那个咯血青年垂死的、鸟眼似的可怕眼睛，但他还是毫不犹豫地朝菜穗子投去探询的目光。

可是，当他的目光与菜穗子有点儿可怜他的目光相遇时，他不禁把头别开了。他感到很惊讶：菜穗子为什么老是用这种目光瞅自己呢？圭介走近风雨吹打着的窗户。窗外，飞沫弥漫，连对面的病房也看不清楚；树叶在狂风暴雨中飒飒作响。

直到傍晚时分，这场暴风雨还没有消歇，因此圭介压根儿不打算回去了。夜色终于降临大地。

"这个疗养所，不知道让不让过夜？"圭介站在窗边，抱着手臂，凝视着在风雨中飒飒作响的树木，突然问道。

菜穗子诧异地答道："不回去行吗？如果不回去，村里未必没有旅馆吧。不过，这儿嘛……"

"这儿不至于不让过夜吧。我觉得这儿比旅馆好得多。"圭介这才环视了一下狭窄的病房，"就一个晚上，这地板上也能睡。天也不太冷，再说……"

"嘿！你这个人……"菜穗子似乎感到很惊讶，频频地打量着圭介。尔后，她像无所谓似的，轻轻揶揄了一句："真怪呀……"不过，此刻在菜穗子嘲弄的目光中，丝毫没有刺激圭介的成分。

圭介自个儿去妇女居多的护理人员食堂吃晚饭，

并独自向值班护士提出了在疗养所过夜的要求。

　　八时光景，值班护士为圭介搬来了专供护理人员使用的组合式床铺和毛毯等。当护士为菜穗子量过晚上的体温回去后，圭介便一个人笨手笨脚地搭起床铺来。菜穗子躺在床上，突然觉得屋子角落里似乎有一双圭介母亲略带凶光的眼睛。她微微皱起眉头，觑着圭介的一举一动。

　　"这样就算一张床了……"圭介坐在刚刚搭成的床铺上试了试，随即把手伸进口袋，掏摸起东西来。不一会儿，他掏出一支香烟。

　　"我可以到走廊上去抽支烟吗？"

　　可是，菜穗子似乎不理睬他，没有吭声。

　　圭介不知如何是好，就慢吞吞地朝走廊上走去。不多时，走廊上传来了圭介一边抽烟，一边像是在房门外来回踱步的声音。菜穗子一会儿侧耳倾听圭介的脚步声，一会儿又留意着窗外的风雨声和树叶的飒飒声。

圭介回到屋子里，发现妻子的枕边有只蛾子在飞舞，同时在天花板上投下巨大而狂乱的阴影。

"睡觉前把灯关掉哇!"菜穗子显得有点不耐烦。

圭介走到妻子枕边，赶走了飞蛾。菜穗子双目紧闭，似乎感到灯光很刺眼。关灯前，圭介望着菜穗子眼睛周围的黑晕，觉得她十分可怜。

"还没有睡着吗?"黑暗中，菜穗子终于朝丈夫问了一句。圭介的帆布床，就搁在菜穗子的脚跟头，一直在发出咯吱咯吱的声响。

"嗯——"圭介含混不清地嗯了一声，声音仿佛是故意装出来的，"雨声真响呀! 你也没有睡着?"

"我睡不着也无所谓……因为一向如此……"

"是吗? ……不过，这样的晚上，你讨厌一个人待在这种地方吧……"说到这儿，圭介骨碌翻了个身，把背对着菜穗子。他这么着，是为了鼓足勇气

187

把话讲下去："……你不想回家吗？"

黑暗中，菜穗子不由得把身子缩成一团。

"在身体还没有完全恢复之前，我决定不去考虑这个问题。"说完，她翻了个身，不再吭声了。

接下去，圭介也没有再说什么。黑暗从四面八方包围着他俩。不久，黑暗中就只剩下风雨声和树叶的飒飒声。

十二

翌日，菜穗子好奇地盯着紧贴在窗玻璃中央的一片树叶——那是被风刮上去的。有顷，她好像想起什么似的，独自笑了起来。及至发觉自己在笑时，菜穗子不禁吃了一惊。

"我只求你一件事，请你今后不要再用这种目光看我好吗？"临走时，圭介委婉地抗议道，依然避开了菜穗子的目光。此刻，菜穗子正好奇地盯着窗玻璃上的那片树叶，仿佛暴风雨中唯有它保持着静止状态。从自己的眼神，她突然想起了丈夫出乎意料的抗议。

"我这种眼神，根本不是现在才有的。从姑娘时起，它就惹得母亲百般讨厌了。不过，他是今天才发现的呢，还是以前就已经发现，但未能对我讲，直到今天才坦率地讲出来的呢？不知怎的，昨晚他简直像换了一个人似的。……可是，依然胆小怕事的他，在火车上遇到这样的暴风雨，一个人该多么害怕啊！……"

整个晚上，圭介老是在害怕什么似的，始终未能入睡。翌日临近中午时，他发现云缝中渐渐露出蓝天，周围开始弥漫起浓雾，就放心地赶到火车站去了。可是天气说变就变，暴风雨再度袭来。菜穗子估计，丈夫是在即将上车或刚刚上车的当儿，遭遇这场暴风雨的。不过，她对此并不特别牵肠挂肚。

不知不觉中，她有点放心不下似的，又注视起仿佛描绘在窗玻璃上的那片树叶来。少顷，她再次露出连自己也不易觉察的微笑……

与此同时，黑川圭介搭乘的上行列车，在狂风暴雨的夹攻下，已经穿过森林绵亘的信州边界。

可是圭介觉得，在山上的疗养所里所经历的一切，比眼前的这场暴风雨还要异乎寻常，使他至今耿耿于怀，无法释然。这次经历对于他，可以说是与某个未知世界的最初接触。由于暴风雨比来的时候更为猛烈，因此，坐在车厢里只能看见紧挨着车窗一掠而过的树木，在风雨中痛苦地摇摆着、颤抖着，除此之外，几乎模糊一团。有生以来的第一次失眠，使他的头脑昏沉沉的。一路上，他一直在思忖着愈益落落寡合的妻子，昨晚在妻子床边糊里糊涂地过了一夜的自己，还有在大森的家中等待着自己、估计一夜未曾合眼的母亲。他还考虑到：自己的母亲具有排他性——最好世界上只有自己与儿子两个人；而尚在自己眼前晃动的菜穗子，正处在生死存亡的紧要关头。把妻子从母亲身边赶走后，母子俩小心翼翼地维持着的这种家庭和睦，比起菜穗子的生与死来，是多么微不足道啊？！圭介此刻变得异常激动。这种激动，使他的上述观点，坚强有力到足以一扫他迄今的安逸。火车冒着暴风雨，在森林绵亘的信州边界地区疾驶。圭介沉浸在上述思维活动中，几乎一直闭着眼睛。有时候，他像想起了车窗外的暴风雨似的，突然睁开了眼睛。可是由于精神已经疲惫不堪，他又会自然而然地闭上眼睛，立刻重返梦境。梦境中，现在的感觉，和现在正在回味的感觉，相互纠缠在一起，使他产生了双重感觉。此刻，圭介即使想专心致志地看看窗外的景色，可是由于什么也看不见，结果就无异于发愣。他觉得，自己的这种眼神，仿佛是昨天刚抵达疗养所时，从半开半闭的门中无意间瞥见的那个垂死病人的可怕眼神，又好像是自己不得不经常回避的、菜穗子呆滞的眼神。他一会儿又觉得，这三种眼神奇怪地交织在一起了……

窗外蓦地变得明亮起来，这使梦境中的圭介多少有点放心了。他用手指擦了擦蒙着雾气的窗玻璃，朝外望去。原来，火车总算通过边界地区的山岭，似乎来到了一个大盆地的中央。风雨仍在肆虐着。圭介呆呆地望着附近的葡萄园。葡萄园与葡萄园之间，五六个一堆、五六个一堆站着许多身披蓑衣的人，相互间不知在呼唤着什么。此番情景，使他感到好不奇怪。当其他旅客也发现葡萄园里东一堆、西一堆地站着许多装束奇特的人时，车厢内自然就出现了骚动。从周围旅客的谈话中，圭介终于明白：昨晚下暴雨时，这一带还下了许多冰雹，致使所有刚刚成熟的葡萄，蒙受了极大的损失。现在，农民别无他法，只能盼望暴风雨快快过去。

每到一个站，人们就嚷嚷得更厉害了。车窗外，浑身上下湿淋淋的站务员，在风雨中跑来跑去，一边不知在骂什么。

平畴上葡萄园比比皆是，无不呈现出遭受过暴风雨袭击的惨状。火车一过平畴，便再次进入山区。这时，云层中终于出现了缝隙，阳光不时从缝隙中照射下来，把窗玻璃照耀得明晃晃的。圭介逐渐从梦境中清醒过来。与此同时，他猛然发觉，迄今的自己可怕得很。那位垂死病人鸟眼似的异样的眼神，和方才自己在不知不觉中一直模仿着的眼神，已被圭介忘得一干二净，而唯有菜穗子可怜巴巴的眼神，依然清晰地残留在他的眼前……

雨过天晴。火车驶抵新宿车站时，整个车站被夕阳映照得红艳艳的。圭介刚下车，就对车站内闷热的空气感到很惊奇。他突然愉快地回忆起高原疗养所那种沁肌浃肤般的凉爽劲儿来。站台上人如潮涌，圭介在其中穿行着。当他发现前面不知何故站着许多人时，便漫不经心地收住了脚步。原来，布告栏上有则通知，说他方才搭乘的中央线列车部分停开。这么看来，当圭介搭乘的那趟车通过后，山谷中似乎有座铁桥倒塌，致使后面的列车在暴风雨中陷入了困境。

圭介看完通知，脸上呈现出将信将疑的神情。当他再次穿行在站台上的人群中时，他的心中产生了一种异样的感觉：在如此杂沓的人群中，唯有自己的心头，充塞着一种来自山上的异乎寻常的东西。他径直地朝前走去。这种异样的感觉，甚至使他一个人感到有点悲哀。可是，他想得比较肤浅。他并没有想到，此刻充塞在自己心头的，实际上是濒死者的生的不安。

那天，黑川圭介怎么也不愿意立刻回到大森的家中去。他在新宿的一家饮食店里独自吃过晚饭，然后又到另一家饮食店笃悠悠地喝了茶，最后来到银座，长时间地在夜晚的人群中徜徉。这类事情，在年近四十的他的记忆中，可以说还是第一次。他不时记挂起自己的母亲来：自己不在时，母亲是怀着何等不安的心情，等待着自己回家啊！每记挂起一次，他就故意把回家的时间再拖延一会儿，其目的似乎是想让母亲焦躁不安地盼儿回家的形象，在自己的脑海中多停留一段时间。他甚至还想到，在如此冷清的家庭中，与母亲两个人过日子，自己居然还能忍受！与此同时，菜穗子的眼神，又不断地出现在他的眼前，他丝毫也不感到讨厌。可是，不时在他脑海中掠过的生与死这个问题，却渐渐模糊起来了。他慢慢地开始觉得，自己与走在自己前后左右的其他人，似乎没有多大的区别。他终于意识到，这种感觉，产生于两天来的疲劳。将近十二点时，圭介终于朝大森的家中走去。他觉得自己仿佛正在被某种力量拖着走，而自己对此又毫无办法。此刻，他才奇妙地意识到，自己正准备回到母亲身边去。

十三

阿叶为了请东京的医生给女儿初枝治病，带着女儿从 O 村上东京来了。都筑明得知这个消息后，去筑地的那家医院看望她们，是九月底的事儿。从七月份起，他又去建筑事务所上班了。他的神情依然悒悒不乐，与以前毫无二致。

"情况怎么样？"都筑明把脸朝着阿叶，尽可能不去看躺在床上的初枝。

"谢谢——"阿叶如同一个山里的妇女，不知道这种场合该怎么接待都筑明似的，只是深情地望着都筑明，一时说不出话来。"不知怎的，老是不顺心……无论请哪一位医生检查，都含糊其词，真叫人心焦。这次出来，原打算干脆让她动手术的，可是大家都说，动手术看来也没有希望……"

都筑明朝躺在床上的初枝瞥了一眼。在如此近的地方看初枝，在他还是第一次。初枝像她母亲，鹅蛋脸，长得很俊俏，并不像想象中那么憔悴。尽管当着她的面谈论她的病情，但她毫无嫌怨之色，只是露出羞涩的神情。

阿叶沏茶去了，屋里暂时就只剩下都筑明与初枝两人。都筑明努力不去看初枝。初枝微微涨红了脸，目光显得有点局促不安，似乎不知道在他面前该如何是好。都筑明只是以前听人在背后议论过：初枝与阿叶讲话时，经常撒娇，就像一个十二三岁的女孩子。因此，他根本没有想到，这个姑娘的眼睛，居然会闪射出如此含情脉脉的光芒。都筑明突然回想起，这位初枝与自己的恋人早苗，从小还是一对耳鬓厮磨的好朋友呢。早苗在今年初秋时节，该嫁到那位年轻的巡警那里去了吧。那位年轻的巡警，在村里人缘很好，都筑明也与他打过多次照面。

从那以后，都筑明差不多每隔两三天，总要在事务所下班后的归途中，前去看望阿叶她们。多数日子，初枝的病房里充满了略带秋意的夕照。在那恬适的夕照中，都筑明在一旁耳闻目睹着阿叶和初枝之间无忧无虑的言谈举止，心里往往会产生这样一种感觉：从她俩身上，仿佛突然飘来了一股O村特有的气息。都筑明贪婪地闻着这股气息。这种时候，他甚至觉得，自己在一个村姑身上枉然追求过的东西，不意就存在于这母女俩中间。阿叶对于都筑明与早苗的关系似乎略有所闻，但她没有作出任何暗示，这使都筑明颇为满意。正因为如此，都筑明并非没有想过：最好能经常将脸埋在这位年长妇女温暖的怀抱里，尽情地闻闻Ｏ村的气息，默默地接受她无言的抚慰。

"不知怎的，半夜里醒来，发觉空气湿漉漉的，心里就不好受。"习惯于山区干燥空气的阿叶，在东京逗留期间所发的这种牢骚，恐怕只有都筑明才能理会。阿叶是个地地道道的山乡妇女。她五官端正，性格泼辣，在Ｏ村那样的山村中，真可谓鹤立鸡群。可是到了东京，尽管她没有离开过医院一步，但与周围的事物总有点格格不入，显得颇为粗俗。

阿叶阅世很深，但在某些方面，还残留着姑娘的影子；她的独生女儿初枝，虽已到了出嫁年纪，可是由于长期患病，却还稚气未脱。——对于这两个人，都筑明在不知不觉中，已经无法将她们割裂开来加以考虑了。都筑明离开医院回家时，阿叶经常将他送到大门口。一路上，都筑明清楚地意识到，阿叶正跟在自己的后面。有几次，他突然在心中描绘着并非绝无可能出现的人生场面：自己如果与她们母女俩的命运紧紧地联系在一起，那该……

十四

一天傍晚，都筑明似乎有点发烧，因此提前离开事务所，径直回荻洼去了。平素下班比较早的日子，都筑明基本上要去看望阿叶她们，因此在天色如此明亮的时刻在荻洼站下车，是颇为难得的。西天有一抹绛红色的云彩，横跨杂木林上空；杂木林已经呈现出丰富的色彩。下电车后，都筑明怔怔地朝西天举目远眺了片刻。突然，他剧烈地咳嗽起来。站台尽头，背朝都筑明站着一个矮个子男人，看样子是位职员，好像正在思考什么问题。一听到咳嗽声，那矮个儿似乎大吃了一惊，立刻回过头来。都筑明一看，觉得此人似乎在哪里见过。为了把这突然发作的、难堪的咳嗽抑制住，都筑明只能当着矮个儿的面弯下腰，把身子缩成一团。咳嗽终于止住了。这时，都筑明仿佛已把那个矮个儿置诸脑后，开始朝台阶走去。当脚正要跨到台阶上时，他蓦地觉得，方才那个人似乎是菜穗子的丈夫，于是立刻回过头去。他发现那个矮个儿还是脸朝外站着，神情与方才一样，显得有点忧郁。矮个儿的前面，是挂着晚霞的天空，和开始呈现黄色的杂木林。

　　"他显得有点儿闷闷不乐哪！……"都筑明这么思忖着，走出了车站。

　　"会不会是菜穗子出了什么事？也许生病了吧。上次见到她时，我就有过这种感觉。不过，当时他显得更难打交道；现在看来，他似乎比想象中随和呐。因为我这个人，对方不带点儿忧郁色彩，是根本不予理睬的呀！……"

都筑明回到寓所后，由于生怕咳嗽再次发作，就没有立刻换衣服。他坐在西窗边，仿佛有生以来第一次临窗观景似的，眺望着晚霞如锦的天空和枝叶已经发黄的杂木林，一边暗自思忖：菜穗子也许正在西边某个遥远的地方，过着我所无法想象的不幸生活吧。天色开始暗淡下来。望着天色的变化，都筑明突然感到浑身发冷，身体几乎支撑不住了。

此刻，黑川圭介还是怔怔地伫立在站台的尽头，面对着晚霞斑斓的西天，似乎仍在思索先前的问题。方才已经驶过好几辆电车，他都没有乘。不过看他的那副样子，也不像在等人。其间，圭介这种近乎凝固的姿势只改变过一次，那就是不知是谁在他背后剧烈咳嗽时，他不觉一惊，随即回头返顾了一下。

咳嗽的是个陌生的青年，高挑个儿，瘦得皮包骨头。如此剧烈的咳嗽，圭介还是第一次听到。圭介接着回忆起自己妻子的咳嗽来：菜穗子经常在拂晓时咳嗽，那副样子，就有点像背后的这位青年。不久，又有几辆电车驶了过去。突然，一列长长的中央线列车，轰隆隆地一掠而过，震得地面微微颤抖起来。圭介惊讶地抬起头，眼睛直勾勾地盯着打自己面前飞驰过去的一节节车厢。若有可能，他真想把车厢里每个旅客的脸都瞧一瞧。因为几小时后，这些旅客将通过八岳山南麓；哪一位倘若有兴致，是望得见自己妻子所在的那个疗养所的红屋顶的……

黑川圭介生性单纯，一旦认为自己的妻子相当不幸，那么只要使他产生上述想法的、目前的这种分居状态继续下去，看来他就不会轻易地改变自己的看法。

从高原疗养所探望菜穗子归来，已有一个多月的时间了。尽管事务所里杂七杂八的事务，使他感到忙得不可开交；尽管令人忘怀一切的、心情舒畅的秋天开始来临，可是在圭介的记忆中，还清晰地保留着探望菜穗子时的种种情景，仿佛那是昨天的事情似的。当干完所里一天的工作，疲惫不堪地在黄昏的喧阗中，不知不觉加快回家的脚步时，圭介往往会蓦地想到：妻子不在家。于是，在高原疗养所为风雨所困的情景，在回东京的火车中遭到暴风雨袭击的情景等，就会立刻巨细无遗地在他的记忆中一一复苏。他觉得，菜穗子好像老是在什么地方凝视着自己。有时，他还会突然觉得，菜穗子的目光，似乎就在自己的眼前闪亮。他经常猛然一惊，开始在电车中寻找是否有哪一位妇女的眼神，与菜穗子的一个样……

他从来没有给妻子写过信。像他这样的男人，大概压根儿没有想到过，这么着可以充实自己的感情吧。另一方面，他即使这么想过，可是他的性格，并非属于那种说干就干的类型。他虽然知道，母亲与菜穗子偶尔在通信，可是对于此类事情，他从来不加过问。有时即使收到了菜穗子总是用铅笔书写的、字迹潦草的来信，他也从未想到过要拆开来看看，妻子在信里究竟写些什么。他只是偶尔显得有点担心似的，将信注视了好长一段时间。这种时候，他的眼前就会朦朦胧胧地出现妻子写信时的情景来：菜穗子仰天躺在床上，一边用铅笔摩挲着瘦削的面颊，一边反复推敲着违心的词句，完全是一副无精打采的样子。

自己心中的这种烦闷，圭介从来没有向谁透露过。可是有一天，当他和一位心直口快的同事参加完某位老前辈的欢送会，一起步出会场时，他突然觉得这位同事各方面似乎都很可信赖，于是就把妻子的事告诉了他。

"你太不幸啦！"对方已有几分醉意，情绪甚佳。他侧耳倾听着，显然颇为同情圭介。接着，他仿佛突然想起了什么似的，急促地说道："不过，这种老婆，反倒可以放心了吧。"

圭介起初并不理会对方这句话的含义。可是，他猛然回想起以前听到过的谣传：这位同事的妻子品行不端。圭介没有再向他进一步谈论自己的妻子。

同事的这句话，使圭介当天晚上始终感到胸口好像有什么东西堵着似的。那晚他几乎彻夜未眠，一直在考虑妻子的事儿。在他看来，菜穗子目前所在的高原疗养所，仿佛处于人类社会的边缘。他根本无法理解所谓自然的慰藉。在他看来，从四面八方包围着那个疗养所的一切山岳、森林和高原，好比是一道道屏障，都只会加深菜穗子的孤独，使她处于与世隔绝的状态。在那种近乎自然牢狱的环境中，菜穗子仿佛万念俱灰似的，形单影只地睖睁着，等待着死神慢慢地降临。

"什么可以放心了呢？"一个人躺在黑洞洞的房间里，圭介突然无端地发起火来。

向母亲禀明把菜穗子接回东京的决心，圭介不知下过多少次。可是当他一想到母亲肯定会以菜穗子的病情为借口，千方百计地、执拗地加以反对时，便又心灰意冷起来，以致啥都不想说了。自从菜穗子离家后，母亲仿佛了却一桩心事似的，显得很高兴——再则，即使把菜穗子真的接了回来，但考虑到迄今的婆媳关系，圭介甚至怀疑起自己究竟能为她的幸福做些什么来了。

结果，一切维持现状。

暮秋初冬一个刮大风的日子，圭介参加了荻洼的一位朋友的葬礼。回家时，他在夕阳辉映的站台上独自踱来踱去，等着电车。突然，一列长长的中央线列车挟着一阵风，从圭介面前疾驶而过，扬起无数飘散在站台上的落叶。圭介好不容易才看清这趟车是开往松本的。尽管那长长的列车已经远去，但他还是长时间地站立在飞舞的落叶中，以一种痛苦的眼神，望着列车驶去的方向。他在头脑中描绘着如下的情景：几小时后，这趟列车将进入信州地面，并以与方才同样的速度，驶过菜穗子所在的疗养所附近……

圭介的性格，决定了他不会独自在街上漫无目标地游来荡去，以寻觅意中人的倩影。可是出乎意料，此刻他的整个身心，霎时间清清楚楚地意识到了妻子的存在。所以从此以后，每逢下班较早的日子，他就经常特意从东京车站乘坐国营电车来到荻洼，然后在站台上静静地等候着，一直等到傍晚开往信州的那趟车通过为止。那趟傍晚时分驶来的列车，风驰电掣般地通过时，总要在他的脚边扬起无数落叶。这时，他就把眼睛睁得大大的，目送着一节节车厢。同时他还清楚而痛苦地感觉到，某种整日憋得他喘不过气来的东西，转眼间被那趟客车带走，并且不知被带到何处去了。

十五

山里仿佛到了秋天，一连好几天万里无云，碧空如洗。疗养所周围，无论哪个方向，都有阳光充足的山坡。菜穗子每天有一项活动，就是一个人心情舒畅地到处走走，欣赏欣赏野蔷薇鲜红的果子。在温暖的下午，她还信步朝牧场方向走去，钻过栅栏，踏着软绵绵的草地，一直缓步走到望得见那棵孤零零地耸立在牧场中央、有一半已经枯死的老树的地方。老树上还残留着一些黄叶，在阳光照耀下熠熠闪亮。白天变短了，因此无论是那棵挺拔的老树投射在地上的影子，还是菜穗子自己的影子，转瞬间都长得有点异样。菜穗子发现影子拖长后，才勉勉强强地离开牧场，回疗养所去。她经常忘记了自己的疾病和孤独。那真是令人忘怀一切的、美好的、快乐的日子。这种日子，一个人在一生中能够经历几次呢？

可是，晚上是清冷而寂寥的。从下边村子里吹来的风，一到这天涯海角似的地方，仿佛不知道该往哪儿去似的，就一直在疗养所周围打转转。有时候，不知是谁忘了关窗子，结果整个晚上，窗子就啪嗒啪嗒地响个不停……

有一天，菜穗子从护士那儿听说，今年春天硬要离开疗养所的那个年轻的农林技师，终因病入膏肓，又回到疗养所来了。菜穗子回忆起那个青年离开疗养所时精神饱满但毫无血色的面庞。她还回忆起当时那个青年下定什么决心似的、炯炯有神的眼睛。那双眼睛，压倒了为他送行的任何一个病人，深深地打动了她的心。想到这里，菜穗子觉得，年轻的农林技师重返疗养所，似乎并非与自己毫不相干。

转瞬间，冬天来临了。可是连续好几天，是十月小阳春天气，使人感觉不到冬天已经来临。

十六

阿叶在医院里请医生给初枝彻底诊治了两个多月，可是毫无效果。到头来，连医生也失去了信心。

在这种情况下，她们便回乡下去了。牡丹屋年轻的老板娘，特地从O村赶出来接她们。

都筑明约有两个星期没去建筑事务所上班了。当他得悉此事后，便在喉部敷了块湿布，去上野车站给她们送行。初枝在阿叶她们的照看下，由车夫背着进了站台。一看到都筑明，她的面颊上顿时泛起了平素少见的红晕。

"再见啦，请你也多加保重……"阿叶反而老大不放心地望着都筑明那副病恹恹的样子，告别道。

"我没关系。冬天放假时，我说不定上你们那儿去玩，请等着我。"都筑明凄然一笑，与阿叶和初枝约定冬天去O村玩的事。"那么，祝你们一路平安！"

火车眼看着出了站。火车出站后，站台上顿时充满暮秋初冬软弱无力的阳光。都筑明孤零零地站在站台上，心情挺不舒畅。他开始百无聊赖地挪动脚步，神情像是在扪心自问：那么，今后我该怎么办呢？同时，他还在心中思忖：被医生认为无法治愈，最终只能返回家乡去的阿叶和病人初枝，虽然难免有点儿凄怆，但尽管如此，她们丝毫也没有流露出对于人世的绝望神情。她们反倒因为可以早日返回Ｏ村而舒了口气，甚至还显得兴高采烈，泰然自若呢。对她们来说，自己的村子和家庭，果真那么可爱吗？

"可是，既没有自己村子，也没有自己家庭的我，究竟应该怎么办呢？最近我心中空落落的感觉，到底来自何方呢？……"阿叶她们对于他内心的空虚，似乎一无所知。与她们待在一起，都筑明不禁惶恐起来：似乎唯有自己，正在自己所选定的、任何人也无法接踵而至的道路上踽踽独行。另一方面，还有一个不容忽视的事实：唯有与她们待在一起时，都筑明才觉得自己的心得到了充分的休息。如今，阿叶她们终于离他而去了。在他的周围，使他内心纷扰的人一个也没有了。这时，他仿佛猛然醒悟似的，又开始剧烈地咳嗽起来。为了把这阵咳嗽抑制下去，都筑明弯着腰站了一会儿。等到他好不容易止住咳嗽，挺直身子时，车站内的人已经所剩无几。"——现在所里分配给我的工作，其他人也都能胜任。除去这种谁都能胜任的工作外，在我的生活中，究竟还剩下些什么呢？我以前所干的工作中，有哪一项是我自己真心实意地想干的呢？迄今，我不知有多少次想辞去现在的差事，去干某种具有独立性的工作，而每次刚刚启口，一看到所长颇为信任自己的和善的笑脸，我便不由得迟疑起来，最后含糊了过去。我一味地这么拉不下脸皮，究竟会有什么样的结局呢？我应该以这次病患为借口，再请一段时间的假，到什么地方去旅行，让我一个人好好思考一下：我真正追求的是什么？如今使我如此绝望的又是什么？我能否找到使我绝望的原因呢？能否说，我确实是在真心实意地寻求我自以为已经失去了的东西呢？无论菜穗子也好，早苗也好，还有方才已经离去的阿叶她们也好……"

都筑明愁眉锁眼地继续思索着，微微弯着腰，朝出口处走去。车站内闪烁着初冬的阳光。

十七

八岳山已经开始积雪了。不过在晴朗的日子里，菜穗子依然没有停止入秋以来每天必定进行的散步。高原的冬天是严酷的：任你灿烂的阳光怎样烘烤大地，还是根本无法使大地从前一天的冻结状态中苏醒过来。有时候，菜穗子穿着白色呢大衣，聆听着上了冻的枯草在自己脚下发出嚓嚓嚓的断裂声。有时候，她来到已经不见牛马踪影的牧场，任凭冷飕飕的风儿抚弄自己的头发，一直走到望得见那棵一半已经枯死的老树处。在活着的那一半的梢头，尚有几片枯叶，成了澄澈透明的冬季天空中唯一的污点。由于自身的衰弱，枯叶不断地颤抖着，仿佛永远不会停止似的。菜穗子抬头仰望了一会儿这棵老树，然后不由得长吁一声，回疗养所去了。

到了十二月份，净是阴云密布，严寒彻骨的日子。今年入冬以来，尽管有好几天工夫，连绵起伏的群山被彤云所笼罩，可是山脚下还未曾下过一场雪。这种孕雪天令人发闷的气压，使疗养所里的病人心情都很忧郁。菜穗子已经没有精神出去散步了。病房的窗户敞开着，使人感到冷森森的。菜穗子整天躺在屋子中央的床上，盖着毛毯，只露出双眼，两颊被冷空气冻得生疼。她在心中想象着某家舒适的小饭店：劈柴在壁炉中燃烧着，发出令人愉快的声响；空气中飘荡着饭菜的香味。她还想象着出了那家饭店后，漫步在僻静的、恰到好处地飘散着落叶的林荫道上时短暂的愉悦。她觉得，自己还留恋着这种虽然平庸，但是颇为有劲的生活。有时候，她又觉得自己似乎一切都完了，没有什么可以期待的。

"我的一生果真完啦？"想到这里，她吓了一大跳，"有谁能告诉我，今后我该怎么办呢？难道我就只能这样，对一切都不抱任何希望了吗？……"

有一天，菜穗子被护士从这种不着边际的胡思乱想中唤醒了。

"有人要见您……"护士用含笑的目光征得她的同意后，接着便朝门外喊了一声，"请进！"

门外立刻传来一阵陌生而剧烈的咳嗽声。菜穗子不知来者是谁，显得有点心神不定。少顷，她看见一个瘦长条子的青年，出现在房门口。

"嘿，阿明！"菜穗子以探究似的严峻目光，迎接都筑明这位不速之客。

都筑明站在房门口，对于她的这种目光感到很惶恐，拘谨地打着招呼。接着，他仿佛避开对方目光似的，用大眼睛环视了一下病房，同时准备把大衣脱下。这当儿，他又剧烈地咳嗽起来。

菜穗子躺在床上，怜悯地说道："冷得很，您穿着吧。"

都筑明一听，老老实实地把脱到一半的大衣重又穿上。他紧绷着脸，直撅撅地站着，注视着床上的菜穗子，仿佛正在等她发出什么新指令。

当她再次看到都筑明这副与往昔毫无二致的、敦厚老实、不带恶意的模样时，不知怎的，她感到一阵痉挛，仿佛把自己的喉咙给堵住了。不过，这几年——特别是她结婚以来几乎杳无音讯的都筑明，为何在如此寒冷的冬天，突然想到高原疗养所来看望自己呢？在没有弄清他的动机之前，菜穗子对于他那副不带恶意的模样，也不能不继续怀着一种焦躁不安的心情。

"您可以坐在那边。"菜穗子躺着，用冷冰冰的目光瞟了瞟椅子，勉强地说道。

"嗯，"都筑明瞥了她的侧脸一眼，随即又将视线移开，在门边的一张皮椅子上落了座。"我正要出来旅行时，听说您在这儿，所以就在火车上突然决定到这儿来弯一下。"都筑明用自己的手掌，摩挲着瘦削的面颊。

"您上哪儿去呀？"菜穗子问道，依然是一副焦躁不安的神情。

"也没有明确的目的地……"都筑明自言自语地答道，随即缄口不语了。接着，他突然拼命地睁大眼睛，以旁若无人的口气，把自己的所欲之言讲了出来："因为我忽然想在冬天漫无目标地到处走走。"

菜穗子一听，脸上顿时露出了苦笑。这是她少年时代就有的一种癖性：每当都筑明或其他小伙伴身上，出现少年特有的充满幻想的言谈举止时，她就经常喜欢用这种苦笑来揶揄他们。

菜穗子一经发觉自己现在又不期而然流露出少年时代形成的这种习惯性表情，心里便产生一种奇妙的激动，仿佛昔日的自己，不知不觉中又在自己身上复苏了。可是这种激动转瞬即逝，因为都筑明又像方才一样，剧烈地咳嗽起来。她不禁皱起了眉头。

"咳得这么厉害，嘿，他简直是在乱弹琴！大可不必出来作这种旅行……"虽然与自己无甚关系，但菜穗子还是这么思忖着。

接着，菜穗子的目光重又变得冷冰冰的，说道："您得感冒了吧？不过，这么冷的天出来旅行，值得吗？"

"没关系，"都筑明以心不在焉的口吻答道，"只是喉咙有点儿难受。我觉得到雪地里走走，似乎反而会好起来。"

此刻，他心中正在这么思忖着："迄今，我从未想过要与菜穗子见见面。可是为什么方才在火车上一产生这个念头，我就立刻为之心动，终于到这种地方来拜访阔别多年的菜穗子了呢？我其实根本不想了解菜穗子现在怎么样啦——与过去相比判若两人了呢，还是依然如故呢？我只是想与过去一样，互相怒气冲冲地盯上一眼，然后立刻回去。可是，一旦见到她，我仿佛又恢复到了过去：她对我越是冷淡，我就越想把自己所受的创伤全部归罪于她，否则心里就不好过。对，我既然已经达到最初的目的，还是趁早回去吧……"

想到这里，都筑明陡然站起身来，觑着菜穗子躺在床上的侧脸，开始局促不安起来。可是，他终究未能说出"立刻回去"这句话，而只是清了清嗓子——这次是故意装出来的。

"雪还没下过吧？"都筑明用征求同意似的目光瞅着菜穗子，朝阳台方向走去。然后在半开着的门边收住脚步，仿佛怕冷似的瑟缩着，眺望着山峦和森林。不多时，他转过身来，朝菜穗子说："一下雪，这一带的景色不错吧。我一直在想，这儿是否下雪了……"

然后，他终于下定决心似的，来到视野宽广的阳台上，手扶栏杆，躬着背，以一种专注的神情，眺望起山峦和森林来。

"他还是那副老样子。"菜穗子凝视着都筑明的背影，这么思忖着。都筑明站在阳台上，始终保持着同一种姿势，眺望着同一个方向。此刻，菜穗子无意中回忆起都筑明的脾气来。这个都筑明，虽然一向显得比别人腼腆、柔弱，可是也有其刚烈的一面；一到紧要关头，就变得十分固执——只要是自己想干的，就非干到底不可。有时候，连她也奈何不得……

这时，都筑明在阳台上冷不丁朝她回过头来。当他发现菜穗子似乎正要向自己露出笑脸时，便眯缝起眼睛，从栏杆上放下手，回到房间里来了。她无意中对都筑明信口说道："阿明，你好像没有变，真叫人羡慕哇……可是，女人不值钱，一结婚就立刻变啦……"

"连您也变了吗？"都筑明不知怎的，似乎感到有点意外，立刻收住脚步反问道。

菜穗子被她如此直率地一问，迅即露出一半掩饰、一半自嘲的笑容说道："你是怎么看的呢？"

"唔……"都筑明用真正困惑的目光瞅着她，一时无言以对，"……难哪！不知该怎么说才好……"

他嘴上尽管这么说，可是心里却在思忖：她毕竟无人理解，一定很不幸吧。他根本不想打听菜穗子婚后的情况，同时也估计到，菜穗子根本不可能把这方面的情况如实地告诉自己。不过他又觉得，有关菜穗子的一切，现在自己仿佛完全能理解。过去有过一段时间，都筑明觉得自己对于菜穗子的所作所为，简直一无所知。可是现在，不管菜穗子告诉他说，她心中的道路是多么坎坷不平，都筑明觉得，唯有自己，才能伴随着她一直走下去……

"她多半以为谁都无法理解她的心曲，因而感到不胜苦恼吧。"都筑明继续思忖着，"过去，菜穗子尽管一贯讨厌我好胡思乱想，可是她自己，毕竟也抱有幻想，就像我非常喜欢的她的母亲那样……她母亲是个十分争胜好强的人，所以就把自己的幻想深深地埋在心底，没有让任何人知道，包括这位菜穗子在内……可是，她的幻想，嘿，是多么出人意料哇……"

都筑明目不转睛地注视着菜穗子，眼神中流露出上述的想法。

可是在这段时间中，菜穗子却双目紧闭，陷入了自己的沉思遐想中。在她那细瘦的脖子上，不时掠过一阵阵痉挛。

这时，都筑明突然回忆起一次在荻洼车站，发现有个人很像是她的丈夫。他想在临走前，把这件事略微跟菜穗子提一下。可是，随即他又觉得还是不提为妙，因此就作罢了。然后，他决定回去了，便朝床边迈出两三步，停了下来，神情显得有点拘谨。

"我准备……"他只说出三个字。

菜穗子依然闭着眼睛，等待都筑明往下说。可是都筑明说到这儿就打住了。菜穗子这才睁开眼睛，瞅着他，终于明白他正准备回去。

"要走啦？"菜穗子惊讶地瞅着都筑明，觉得都筑明走得太仓促了。不过，她也并不挽留，她反倒体会到了一种即将从某种束缚中解放出来的感觉。她问都筑明："几点的火车？"

"喔，这倒没有看哪。不过，这种旅行，无论几点的火车都没关系。"都筑明说着，与进来时一样，拘谨地鞠了个躬，"请多保重……"

看着都筑明鞠躬时的那种拘谨劲儿，菜穗子敏锐地发觉，从都筑明突然出现在自己面前的那一刻起，不知怎的，自己的感情就有点儿作假。接着，她仿佛对此有所后悔似的，以从未有过的温柔语调，最后说了一句：

"说实在的，您也不要过分劳累啊！"

"嗯……"都筑明精神抖擞地答道，一双大眼睛最后又朝菜穗子瞅了一眼，然后向门外走去。

少顷，都筑明在走廊上再次剧烈地咳嗽起来。当屋里只剩下菜穗子一个人时，方才朦朦胧胧地出现在她心头的后悔，立刻变得清晰起来。

十八

都筑明这个形影相吊的游子，就像在严冬的天空中一掠而过的飞鸟，仅仅在自己的面前出现一次，就此杳无踪影了。随着时间的推移，都筑明那副心神不定的样子，在菜穗子心上留下了越来越深刻的印象。那天，当都筑明回去后，菜穗子老是有一种莫名其妙的、类似于后悔的心情。最初，她只是模糊地感到，自己对待都筑明，在感情上似乎有点儿作假。都筑明出现在她面前的整个过程中，她说不上是对都筑明还是对自己，始终感到一种焦躁不安。她感到焦躁不安的原因，不仅在于她似乎觉得，都筑明如今也想把自己的创伤，统统归罪于她，一如他在往昔少年时代经常对她使的这一手——而且还在于，都筑明的突然来访，使她感到困惑。也就是说，使她朦朦胧胧地感到，自己目前于不幸中暂且有所着落的生活，眼看就要受到威胁了。都筑明在身心上遭受的打击甚于菜穗子，但他却像一只翅膀受伤而想继续奋飞的鸟儿似的，想继续品尝自己人生的滋味，直到生命的最后一刻。倘若在以前，她也许只会对他皱眉头吧。然而在与他重逢时，她却屡屡感到，都筑明对待人生的态度，要比自己目前这种近乎绝望的态度认真执着。可是这种感觉，当着都筑明的面，慢说对都筑明，即使对自己，菜穗子也是无论如何不想明明白白地加以承认的。

两三天后，菜穗子才向自己坦白了自己的这种欺瞒。都筑明在旅途中特地弯过来看望自己，自己为何对他那么冷酷无情，连一句真心话都没有讲，就让他回去了呢？她觉得自己那天实在不近人情。不过另一方面，她又不觉有点暗自庆幸。因为她此刻也考虑到，倘若那天自己在都筑明面前老老实实低下了头，那么今后万一再次遇到他时，自己将会感到多么可怜啊！……

菜穗子痛切地考虑到如今自己孑然一身有多可怜，确实可以说是从这时才开始的。她恰如病人为了检查自己的衰弱程度，始而小心翼翼地把手放在自己瘦得皮包骨头的面颊上，继而轻轻地抚摩起来一样，开始慢慢地考虑起自己的不幸来。她觉得，除去少年时代尚属欢乐愉快外，自己后来并没有像母亲那样，在精神上找到寄托——单凭回忆，就足以使自己的后半生过得充实；而照现在这副样子，即使到了将来，看来也不会发生任何值得期待的事儿。现在，自己距离幸福这个玩意儿虽说还相当遥远，但也不至于比世上所有人都不幸。不过在这种极端孤独中，心里尽管能得到某种平静，可是若与山里无聊的生活——还得这样熬过阴郁悲凉的冬天——相比，是多么得不偿失啊！特别是都筑明，虽然对前途显得那么忐忑不安，但还是打算顽强地生活下去，彻底弄清自己理想的终极。在他那种认真劲儿面前，自己目下的生活中，自欺欺人的成分真是何其多啊！不过，自己今后是否还要说服自己——将来也许有所指望——而继续打发这种无所事事的日子呢？还是将来果真有什么能使自己振作起来的东西存在呢？……

菜穗子经常这么围绕着自己的悲惨遭遇，不断地胡思乱想。

十九

迄今，菜穗子每次接到圭介母亲厚厚的来信，总是往枕头边一丢，并不想立即拆开它；而且在后来拆信时，也没有一次不怀着嫌恶的心情。看完信，她必须克服比拆信时更为嫌恶的心情，斟酌一个个违心的字眼，给婆婆写回信。

可是，打暮秋初冬时节起，菜穗子从婆婆的来信中，逐渐品尝出一种与往昔的空洞无物不同的东西。她读信时，不再像过去那样，对一词一句都要皱眉头了。每次接到婆婆来信，她虽然还是不胜厌烦似的并不立即拆开它，而是在枕头边撂上一段时间，可是一旦将它拿起来，就久久不肯释手了。为什么婆婆的来信不像以前那么令人生厌了呢？这个问题，她虽然不准备用心去加以考虑，但有一点是她自己不想加以否认的，那就是婆婆在一封封信中用歪歪扭扭的笔迹所描绘的、圭介近来意气消沉的模样，越发栩栩如生地浮现在她的眼前。

都筑明来访后不久一个彤云密布的傍晚，菜穗子收到了婆婆的一封来信——信封与过去一样，仍是灰色的。她一如既往，不胜厌烦地把信撂在一边。可是不一会儿，她心想会不会出了什么非同寻常的事，就慌不迭地拆开了信封。信中的内容与以前大同小异，并不象她方才胡思乱想的那样，圭介突然病危了，因此她显得有点失望。不过，由于信中写得潦草的地方很难辨认，她读信时很快跳了过去，所以她又把信从头至尾仔细地看了一遍。接着，她仿佛陷入沉思似的，闭了上眼睛。有顷，她想起该量傍晚的体温了。一量，依旧三十七度二。于是，她躺在病床上，取出纸和铅笔，开始给婆婆写信。从她运笔的动作可以看出，她因委实无啥可写而陷入了窘境。"昨天和今天，这儿甭提有多冷了。不过，疗养所里的大夫们说，要是能在这儿熬过冬天，我的身子就能完全复原。因此，看来怎么也不会让我遵照妈妈的吩咐回家的。这不仅对于妈妈，还有对于圭介，我想实在是……"写到这儿，她用铅笔在自己凹陷的面颊上抚摩了片刻，同时在脑海中描绘着自己丈夫各种意气消沉的模样。不知不觉中，菜穗子又把凝视的目光，投射到自己所描绘的丈夫身上。以前，每当她用这种目光盯住圭介时，圭介便会立刻别过头去，避开她的目光……

"不要拿这种目光看我好吗？"那天，他俩被狂风暴雨困在屋里时，圭介终于无法忍受似的，向她提出了上述请求。当时圭介那副惴惴不安的样子，此刻迅速取代他的其他模样，占据了菜穗子的整个心窝儿。不多时，她不觉闭上眼睛，仿佛处在那天暴风雨侵袭中似的，莫名其妙地独自露出了有点令人害怕的微笑。

一连好几天，天空都是阴沉沉的，像是要下雪。不知从哪座山上，不时刮来星星点点似雪非雪的白色玩意儿。每当这种时候，就可以听到病人们纷纷议论道："终于下雪了！"可是，雪没有下下来，天空依然布满铅灰色的云块。天气冷得彻骨。有时候，菜穗子也想到了都筑明：在如此惨淡的冬季的天空下，此刻，都筑明是怀着何等绝望的心情，从一个陌生的村庄，走向另一个陌生的村庄啊！他那憔悴的模样，简直不像一个旅游者。而且，他恐怕尚未得到他一直孜孜以求的东西吧（她不知道他究竟在追求什么）。菜穗子越是在脑海中描绘都筑明那副着迷似的模样，就越是觉得自己也应该及早下定对于人生的某种决心，从而更加打心眼里同情这位童年时代的朋友。

"我不像阿明，有着自己非干不可的事儿呀！"那种时候，菜穗子就会深切地认识到这一点。"那是因为，我已是一个结过婚的女人啦？还有，我也只能像其他结过婚的女人一样，生活在从属于他人的环境中……"

二十

一天傍晚，面带病容的都筑明搭乘的上行列车，从信州的腹地，渐渐驶进紧挨上州的O村。

在阴郁的冬天旅行了一周光景，都筑明已经精疲力竭了。他不断剧烈地咳嗽着，似乎还发着高烧。他双目紧闭，疲惫不堪地倚在窗框上，时而抬起头来，模糊地感受着窗外开始稠密起来的、树叶凋零的松树林和枹树林——那是他魂牵梦萦的。

都筑明为了考虑自己今后的安身立命之计，特意请了一个月的假，出来作冬天的旅行。他怎么也不想让这次旅行以一无所获而告终，否则太违背初衷了。眼下，他打算先回到O村去，在那里休息一段时间，然后一俟元气重新恢复，便继续进行这决定自己一生的旅行。早苗结婚后，由于丈夫工作调往松本，肯定已经不在 O 村了。这使都筑明多少可以放心地拖着有病的身子进村去——尽管他不无孤寂之感。不过，如今最能情同骨肉似的护理自己的，看来只有牡丹屋的那几位了……

火车穿过一片又一片浓密的树林，向前飞驰着。透过无数光秃秃的落叶松，可以望见积雪的浅间山，仿佛镶嵌在灰蒙蒙的天空中似的。从山头喷出来的缕缕白烟，被风一吹，变得支离破碎了。

从方才起，机车便陡然吭哧吭哧地喘息起来。都筑明意识到，O 村车站终于到了。O 村坐落在山脚下，无论房舍、田地、树林，一概都是倾斜的。这机车的喘息声，使都筑明的身子随之瑟瑟颤抖起来，仿佛突然发烧似的。今年春天到夏天的傍晚时分，都筑明经常在树林里听到机车的吭哧声，给他留下了深刻的印象。每一次，他都会产生一种莫名其妙的思念之情：啊，傍晚的上行列车，已经驶近 O 村车站啦！此刻机车的喘息声，与他记忆中的毫无二致。

火车抵达山谷中背阴处的小车站时，都筑明眼看又要咳嗽了。他勉强将咳嗽抑制住，竖起大衣领子下了车。除开他，另外只有五六个当地人下车。两脚刚着地，他打了个趔趄。他似乎以为，这是开车门时，左手提了一会儿小皮箱的缘故，于是特地将小皮箱狠狠地换到右手。出了检票口，他的头上突然亮起一盏昏暗的电灯。他发现自己没有生气的脸，在候车室脏乎乎的玻璃窗上映现了一下，便立刻消失了，仿佛被什么东西吞噬了似的。

由于天日变短，虽说还只有五点钟，可是天色已经暗了下来。这是一个既无公共汽车，也无其他交通工具的山区小火车站。都筑明只能自己提着小皮箱，开始艰难地爬坡。从火车站到 O 村，森林之前全是上坡。途中，他歇了好几次脚。每歇一次脚，他的身子就会在傍晚迅速变冷的空气中突然打起寒战来，而紧接着，又会猛地发起烧来，就像有火在炙烤似的。对此，他的感觉已经麻木。

离森林不远了。森林边，一座行将倾圮的农舍依然如故，门前蹲着一条污秽的狗。都筑明蓦地回忆起，这一家以前有条黑狗。每当自己与菜穗子骑着自行车远游归来时，那条黑狗总要扑向自行车轮子，吓得菜穗子惊叫起来。眼前的这条狗是灰褐色的，并非先前的那一条。

森林中还比较明亮，因为几乎所有的树木，叶子都已凋落殆尽。这片森林对于都筑明来说，真是很值得回忆：少年时代，当他骑着自行车穿过炎热的原野回到这儿时，一股令人神清气爽的凉气，就会骤然掠过他那滚烫的面颊。想到这里，都筑明突然下意识地把空着的一只手，捂在自己的脸上。这傍晚时分无边无际的寒气、自己粗重的喘息、这发烧的双颊——在如此异样的气氛中弯腰曲背、精疲力竭地赶着路的此刻的自己，与气咻咻地骑在自行车上、面孔涨得绯红的少年时代的自己，开始奇妙地重叠在一起了。

到了森林中央，道路分成两条：一条直通村庄，另一条通往都筑明和菜穗子他们以前来度暑假的别墅。通往别墅的那条岔路杂草丛生，是条坡度平缓的下坡路，从三岔路口一直徐徐地迂回到别墅后面。每当折向这条岔路时，头戴草帽、骑在自行车上的菜穗子，就经常会露出一口洁白的牙齿，向骑车尾随而来的都筑明喊道："喂，你瞧我双手脱把……"

都筑明把手中的小皮箱往路边一摆，一个劲儿地耸着肩膀，痛苦地喘息着。这种意外的少年时代的回忆，突然在他的头脑中复苏了，使他一颗疲惫不堪的心，暂时充满了生机。"为什么这次一来到这个村庄，那些早已忘怀的往事，就会如此清晰地再现在我的脑海里呢？不知怎的，往事似乎还在接连不断地涌上我的心头。是否我一有热度，就会出现这种奇怪的现象呢？"

森林中完全暗了下来。都筑明重又弓起背，提着小皮箱，怀着一切都已黯然失色似的苦闷心情，一个劲儿地只顾赶路。突然，他抬头仰望森林的上空。森林的上空尚未变暗。高大挺拔的桦树，光秃秃的枝桠交叉在一起，在微明的天空中织成了一张细密的网。这张由秃枝织成的网，似乎又使都筑明蓦地回忆起某些已经忘怀的往事。不知何故，这张网犹如一支优美动听的仙歌，使他得到瞬息的安慰。他怔怔地仰望了一会儿这张由秃枝织成的网。当他重新弯腰曲背地上路时，他已不知不觉地将它置诸脑后了。都筑明气喘吁吁地走着，几乎只能靠耸动肩膀来进行呼吸。可是，尽管他已不再去思索这张网，但不知怎的，往事的回忆依然在不断地抚慰着他。"倘若这么死去，心里一定很痛快吧。"他突然想到了死。"不过，你必须继续活下去啊！"他自言自语道，一半象是在自我安慰。"为什么必须如此孤独，如此空虚地活下去呢？"有个声音在向他发问。"这如果是我命中注定的，就无可奈何了。"他的回答近乎天真。"我似乎最终连自己究竟在追求什么也没有弄清楚，就已丧失了一切。我仿佛生怕见到业已丧失一切的自己，犹如一只傍晚时分飞向黑暗的蝙蝠，终于不顾一切地出来作这种冬季旅行。在这次旅行中，我究竟期待着什么呢？到目前为止，我在这次旅行中，只是弄清了自己业已永远丧失的东西。只要清醒地认识到，忍受这种丧失是自己的使命，对此，我就能豁出性命来。——唉，话虽这么说，可是如今光对付这轮番折磨着我的高烧和恶寒，坦白说，我已无能为力了……"

这时，森林终于走完了。隔着一片光秃秃的桑田，火山脚下略呈倾斜的村庄，便整个儿地映入了都筑明的眼帘。从每家每户冒出来的做晚饭的炊烟，正在悠然升向天空。都筑明发现阿叶家也升起了一缕炊烟。他觉得多少有点放心，暂时忘却了自己身体中异乎寻常的发热和发冷，眺望着眼前这片宁静的向晚景色。他突然模模糊糊地回忆起先母那张略呈衰老的面庞来——他是在童年时代失去母亲的。
都筑明此刻才理会到,方才在森林中那张桦树枝织
就的网上不易觉察地闪现了一下粗略轮廓,随即消
失殆尽的影子,似乎就是自己几乎忘得一干二净的、
早已作古的亡母的面庞。

二十一

　　连日来旅途的劳顿,使都筑明的身体受到很大
的摧残。从抵达牡丹屋那天起,也许由于精神开始松
弛的缘故,他突然卧床不起了。村里没有医生,但
他坚决反对到小诸市去请,而只是依靠自己仅存的
抵抗力,与病魔搏斗着。他居然熬过了难以忍受的
高烧。都筑明似乎确信自己的身体挺得住。阿叶她
们也尽心竭力地侍候在侧,以不使他丧失信心。

　　在高烧中,都筑明双目紧闭,迷迷糊糊、不胜

依恋地回忆着自己在旅途中的种种模样：在一个村子里，他被几只狗追逐着，狼狈地逃窜过；在另一个村子里，他看到了许多正在烧炭的人；在还有一个村子里，他冒着黄昏时分呛人的炊烟，到处寻找旅馆。有一次，他曾不断地顾眄背上背着啼哭的孩子，怔怔地站在农舍前的满脸皱纹的老妪；又有一次，他曾伤感地望着自己孤苦伶仃的影子，在村里映照着软弱无力的阳光的粉墙上移动。自己在进行如此寂寞的冬天旅行中各种精神恍惚的模样，突然接二连三地浮现在眼前，而且一时间并不消失……

黄昏时，都筑明的耳边清晰地传来了几天前，将自己从上述旅途中载到这儿来的那趟上行列车，吭哧吭哧地喘着粗气，爬着O村的斜坡，驶近车站的声音。他心里感到很不好受。这蒸汽机车的喘息声，将方才浮现在他眼前的、他在旅途中的各种模样，驱赶得无影无踪，而只剩下那天傍晚下火车后，步履维艰地来O村途中，他那疲惫不堪的模样，和好不容易走到森林中央时，他抬头仰望了一会儿树梢的模样——当时，仿佛突然从什么地方传来一阵优美动听的歌声似的，他怔怔地仰望了一会儿自己头顶上那张由桦树枝交织而成的网。后一种模样，甚至还伴随着一阵不可名状的心悸——那是他刚走出森林，突然回忆起童年时死别的母亲的面庞时产生的……

这几天，都筑明的一切，都由牡丹屋年轻的主妇负责照料。当那位主妇腾不出手来时，阿叶在护理女儿的间隙，也过来关照他吃药什么的。望着阿叶略显苍老的面庞，都筑明觉得自己的心中，对这位四十开外的妇女，涌起了一股与以前迥异的亲切感情。每当阿叶坐在自己身旁时，都筑明就会产生这样一种感觉：在自己记忆中几乎了无痕迹的母亲和蔼可亲的面影，不知怎的，就会突然清晰地浮现在那张由桦树枝织就的网上。

"初枝近来怎么样啦？"都筑明简单地问了一句。

"依然毫无办法，真够呛。"阿叶凄然一笑，答道。

"因为至今已经八年啦！上次带她去东京时，大家也都感到很惊讶：这样的身体，居然能拖到现在。毕竟是这儿的气候好哇！我们大伙儿每天都在念叨，阿明这次要是能在这儿把身体彻底养好，那就好啦！"

"嗯，要是我也能活下去……"都筑明自言自语地说到一半，便收住了话头，只朝阿叶亲切地笑笑，仿佛在表示赞同。

都筑明在旅途中那么热切地盼望着的雪，终于在十二月下半月的一天傍晚，突然下起来了。第二天早晨，森林、田畴、农舍已经完全为积雪所覆盖。雪还在纷纷扬扬地下个不停。现在，都筑明对于雪好像已经无所谓：他只是偶尔从被窝里坐起身来时，才透过玻璃窗，眺望着全都变成白皑皑一片的屋后田地，和远处的杂木林。不知怎的，他脸上的神情有点无精打采。

临近黄昏时，雪一度停止了，天空依然布满铅灰色的云块，风徐徐地刮了起来。被风一刮，树梢上的积雪便朝四周飞散开来，落向地面。一听到这样的风声，都筑明仿佛终究憋不住似的，又从被窝里坐起来，朝窗外望去。他专心致志地凝视着屋后那片田地上的积雪，在风中不断出现这样一种骚动：最初，雪地上突然扬起一股雪烟，雪烟被风挟持着，仿佛火焰似的到处蔓延。接着，它又与风一起，消失得无影无踪，唯在雪地上留下一片绒毛似的痕迹。少顷，又有一阵风刮来，扬起新的雪烟。雪烟再次像火焰似的到处蔓延，把以前的痕迹掩盖净尽，而重新留下一片与方才几乎毫无二致的、绒毛似的痕迹……

"我的一生，就像那没有热度的火焰似的。——在我所经过的地方，估计也留下了一道痕迹吧。也许另一阵风刮来，那道痕迹也会消失得无影无踪。不过，今后肯定会有类似于我的人，继续留下类似的痕迹。某种命运，就是如此由一个物体传给另一个物体，不断地往下传的……"

都筑明独自不断地这么思索着。由于一直注视着窗外明亮的雪景，因此他似乎没有觉察到，屋里已经变得灰蒙蒙了。

二十二

雪继续纷纷扬扬地下着。

菜穗子终于按捺不住了。她身穿大衣，脚蹬皮鞋，几次试图避开病员和护士的视线，都没有成功，只能返回自己的病房。后来，她总算神不知、鬼不觉地沿着阳台，从疗养所后门溜了出去。

穿过杂木林，菜穗子沿着小街陌巷，朝火车站方向走去。迎面扑来的鹅毛大雪，使她不得不经常弯腰收住脚步。若打小路走，火车站距疗养所只有半公里光景。最初，她只是想这样冒着大雪走走，走到火车站附近立刻折回来。由于有这么一个打算，因此她出来时，在大衣口袋里揣上了写给婆婆的一封回信，准备投到火车站的邮筒里去。婆婆的信是今天早晨收到的，信中说她有点感冒，已经一个星期卧床不起云云。

她在小巷里走了一百多米时，迎面走来一位身穿御寒裙裤、斜撑着伞的姑娘。

"啊，您不是黑川吗？"姑娘打她身边走过时，突然搭讪道，"上哪儿去？"

菜穗子吃了一惊，回头一看，原来是自己那栋楼的护士。只见她身穿御寒裙裤，脸用围巾包得严严实实的，看上去很像一个当地人。

"我到那边去一下……"菜穗子抬起头，尴尬地笑笑。由于风雪很猛，她不由得又低下了头。

"您要早点儿回来哟！"对方像是在叮咛。

菜穗子俯着脸，默默地点了点头。

与护士分手后，菜穗子又顶风冒雪走了一百米光景，终于来到了三岔路口。这时，她真想立刻踅回疗养所去。她在路口站了片刻，用戴着网眼毛线手套的手，掸着头发上的雪花。突然，她想起方才像俄国妇女似的，用围巾把脸裹得严严实实的护士来，于是自己也模仿起来，用围巾蒙上了头。那位护士很爽直，自己如此冒失，她撞见后居然半句话也不啰嗦。接着，菜穗子继续顶风冒雪朝火车站走去，一边寻思道：方才真是幸好遇到了那位护士。

火车站面北坐南，无遮无掩。由于猛烈的风雪来自一侧，因此只有经受风雪的那一侧变得刷白。一辆停放在车站旁边的旧汽车，也是只有一侧埋在雪中。

菜穗子想到车站里面去休息片刻。她发现自己的半个身子，也不知在什么时候蒙上了洁白的雪花。她在车站外面小心翼翼地掸掉雪花，接着便解开裹在脸上的围巾，若无其事地朝里面走去。她一进入车站，正围着一只小火炉在取暖的旅客，都不约而同地朝她回过头来。然后，又仿佛回避她似的，都离开了火炉。菜穗子不禁皱起眉头，别过头去。她一下子没有理会到，此刻，下行列车正在进站。

这趟列车的每一节车厢，也都一律单侧积着雪。从车上下来的十五六个旅客，一边不客气地打量着身穿大衣、站在门边的她，一边不知在交谈着什么，鱼贯地朝门外的雪地里走去。

"东京一带，据说也是大雪纷飞呀！"不知是谁这么说道。

唯有这句话，菜穗子听得很真切。她怔怔地望着车站旁边那辆一半埋在雪里，似乎已经动弹不得的旧汽车，一边寻思道：东京也下这么大的雪？有顷，当急促的呼吸基本上趋于平静时，她就觉得该回去了。环视候车室，她发现火炉周围不知何时又挤满了人。那些人，大部分像是本地的，正在有一搭无一搭地交谈着，偶尔还不放心似的，瞅瞅站在门边的她。

在前面两三个站与方才的下行列车交会后驶来的上行列车，似乎很快就要进站了。

菜穗子蓦地想象道：这趟上行列车，会不会也是唯有一侧积满了洁白的雪花呢？接着，她的眼前突然浮现出都筑明模糊不清的形象：他正兴高采烈地行进在某个村庄，也是半边身子承受着风雪。适才，菜穗子把自己快要冻僵的手伸进大衣口袋，想暖和一下；此刻，她感觉到自己戴着手套的手，正在轮流地捏着尚未寄出的给婆婆的信和皮夹。

方才围着火炉的十几个人，又离开火炉走了。菜穗子一见他们离开了火炉，便立刻走到售票处，边掏皮夹，边朝窗口弯下身子。

"去哪儿？"里面传来粗暴的问话。

"新宿……"菜穗子慌不迭地答道。

当上行列车一如她所想象的，一侧覆盖着洁白的雪花，停靠在她面前时，菜穗子仿佛被一股眼睛看不见的巨大力量推上去似的，跨上了阶梯。

她来到三等车厢。三等车厢的乘客，一看见她那副大衣上沾满雪花的非同一般的模样，都一齐不客气地朝她打量着。她皱起眉头，暗自思忖：我的神色一定很慌张吧。门边坐着一位身穿铁路制服的老头儿，正在那里打盹。菜穗子在老头儿旁边坐了下来。高原上积雪很深，致使连近处的山峦和森林也叫人无法辨认。当火车启动后，朝高原的腹地驶去时，车厢里的人，似乎已经忘记她的存在，谁也没有再回过头来。

菜穗子终于镇定下来，准备考虑一下自己此刻的行为。已经闻惯周围升汞水和甲酚气味的她，突然对飘荡在车厢里的旅客的体臭和烟草的气味感到有点窒息。她不禁觉得，自己仿佛预先闻到了即将恢复的生活中那种令人依恋的气息。想到这里，她忘却了胸中的窒息感，觉得全身掠过一阵奇怪的颤栗。

车窗外，风雪越来越猛。透过狂舞的雪花，只能隐隐约约地望见铁路附近的树木和农舍等。不过，菜穗子尚能判断出，火车此刻大体上已经驶到何处了。突然，菜穗子的脑海中浮现出几百米外荒凉寂寞、阒无人影的牧场上那棵有一半已经枯萎的大树来。以前，她曾觉得那棵大树与自己颇为相像。此刻，那棵大树肯定也是半边儿刷白，孤零零地挺立在雪地上，给人以悲凉之感。霎时间，菜穗子觉得自己的心里，正在怦怦地跳着。

"我为什么不冒着风雪去看看那棵大树呢？我如果上那儿去了，现在也就不至于坐在这样的火车中啦……"飘荡在车厢内的气味，依然使菜穗子感到胸口发闷。"疗养所里此刻是多么慌乱啊！而东京方面，大家又是多么惊诧啊！这么着，我将会受到怎样的对待呢？现在如果回去，还来得及！不知怎的，我有点胆怯起来了……"

菜穗子一方面这么寻思着，另一方面又希望火车快快驶离信州地界。她怀着既害怕又焦急的心情，眺望着积雪高原尽头自己几无印象的最后一片树林迅速地远去。看来，火车终于驶离信州了。

二十三

东京也是大雪纷飞。

菜穗子在银座后面一家德国面包铺的角落里，等圭介已经等了一小时光景。不过她丝毫没有显露出等得不耐烦的神情。一有什么香味飘来，她就会立刻眯缝起眼睛，深深地呼吸着，仿佛那就是自己好不容易即将恢复的生活的气息。与此同时，她还透过模模糊糊的玻璃门，以专注的目光，不断觑着雪地上来去匆匆的行人。圭介要是在旁边，看来肯定会立刻制止她使用这种目光。

虽然已届黄昏，但可能由于大雪纷飞的缘故，店堂里顾客寥寥无几：除菜穗子外，稀稀拉拉的只有三四堆。有个画家模样的青年坐在门边，一只脚搁在火炉上，仿佛牵挂着什么似的，不时返顾菜穗子。

菜穗子发觉有人在注意自己，便立刻仔细检查起自己的外表来：许久未洗的乱蓬蓬的头发、高耸的颧骨、略微嫌大的鼻子、没有血色的嘴唇——这些，至今依然丝毫也没有破坏她的美，而只是在她的脸上，平添了些许忧郁。姑娘时，大人们经常为她的相貌感到惋惜：要是长得和善点就好啦。她的这身城里人打扮，在山区的小火车站，是颇为引人注目的；如今到了城里，就与其他人几无区别了。不过菜穗子觉得，唯有自己苍白的脸，与一般人相去甚远——自己是从山上疗养所里偷偷地跑回来的嘛。对此，她似乎一筹莫展。她不时用手抚摩自己的面颊，仿佛想掩饰一下似的……

突然，她发觉有人叉开双腿站在自己的面前，便惊慌地抬起头来。

一看，原来是圭介站在自己面前，正俯视着自己。圭介没有脱下大衣；大衣上的雪花估计在外面掸过，不过没有掸干净。

菜穗子莞尔一笑，也不打招呼，只是为圭介挪了挪身子。

圭介不悦地在她面前坐了下来，一时没有吭声。

"突然从新宿车站打电话来，真叫人大吃一惊。你到底怎么啦？"圭介终于开口了。

不过，菜穗子只是与方才一样，微微一笑，没有立刻回答。早晨冒着暴风雪偷偷溜出疗养所的小小冒险、在覆盖着厚厚积雪的山区小火车站上突然下定的决心、弥漫在三等车厢内的生活气息所引起的奇怪颤栗——一下子在她的心中复苏了。她觉得白天自己中邪似的行为，是根本无法条分缕析地向别人解释清楚的。

她只是把眼睛瞪得大大的，凝视着自己的丈夫，仿佛这就是回答。她似乎指望丈夫通过观察自己的眼睛来了解一切，而无须听到自己的片言只语。

对于圭介来说，妻子的这种与众不同的目光，正是自己在孤独中徒然追求着的。可是，当他如今面对这种目光时，由于天生的懦怯所使然，他禁不住避开了。

"妈妈病了。"圭介冲口而出，眼睛依然没有瞧妻子，"请不要给我添麻烦啦！"

"喔，是我不对。"菜穗子仿佛发觉自己打错了算盘似的，深深地叹了口气。接着，她坦率得出乎意料地说：

"我马上就回去吧……"

"马上回去？！雪下得这么大，能回去吗？找个地方住上一宿，明天回去好吗？——不过，大森的家里可不行，就在妈妈的眼皮底下……"

圭介独自焦躁不安地、拼命地思索着什么。他突然抬起头，压低声音说道：

"一个人住旅馆，你愿意吗？麻布有家舒适的小旅馆……"

菜穗子颇感兴趣地将自己的脸凑近丈夫的脸。

可是一听完丈夫的话,她立刻挪开了头,无精打采地答道:

"我是无所谓的……"

迄今,她总觉得自己正在下一个异乎寻常的决心。可是如今与丈夫这么面对面地一谈,她开始不明白自己为何要冒着如此大的风雪,偷偷地从山区疗养所溜回来了。自己如此不顾一切地回到了丈夫的身边,可是一见到自己,丈夫最初是一副什么样的面孔哪?而且,自己甚至准备将一生都托付给他了,可是留心地观察一下,两人在不知不觉中,又恢复到了以前那种司空见惯的夫妻关系,一切都好像变得模糊不清了。人类的习惯中,果真具有某种欺骗性的东西……

菜穗子这么思索着,但与此同时,她又啥都不在乎似的,用她那坐虚的目光,觑着丈夫。这种目光,好像在注视着什么,但其实什么都视而不见。

这次,圭介怀着不知所措的心情,用自己的小眼睛，牢牢地盯着妻子的眼睛。须臾，他突然涨红了脸。因为他无意中想起，自己方才所说的麻布那家小旅馆，实际上是自己最近与一位同事偶然打那前面经过时，那位同事半开玩笑半认真地告诉自己的。那位同事说："好好记住，这儿经常没有人影儿，是幽会的理想场所哟！"

菜穗子并不明白圭介为何要脸红。可是她一经发现圭介脸红，就突然觉得，自己不顾一切地赶来会会丈夫的奇特行为的动机，似乎马上就会明白起来。

这时，圭介催促她动身了。菜穗子因此中断了思考，在桌子旁站起身来。接着，她恋恋不舍地环视一下不时散发出某种香味儿的店堂，然后跟着丈夫离开了。

雪继续下个不停。

街上的行人顶风冒雪，急匆匆地赶着路，每个人都是·身与众不同的御寒防雪的装束。菜穗子仿佛还在山里似的，用围巾将脸包裹得严严实实的，也不顾给她打伞的圭介，独自快步走在前头，钻入了人群中。

他们在数寄屋桥上穿出人群后，才好不容易发现一辆出租汽车。出租汽车随即便向麻布角落里的那家小旅馆驶去。

出了虎门，汽车来了个急转弯，开始爬一段陡坡。半山腰，有辆汽车陷在路边的水沟里，动弹不得，上面覆盖着积雪。菜穗子透过蒙着雾气的车窗玻璃，发现陷在沟里的汽车后，便联想起那辆停放在山区火车站外面、一侧经受着暴风雪猛烈袭击的旧汽车来。接着，她立刻空前清晰地回忆起，导致自己在那个火车站猛然下定返回东京决心的心理状态。当时，她的内心深处只是想孤注一掷，把自己完全托付给一个人，至于那个人究竟是谁，她一无所知。不过她总觉得，倘若不这样把自己的一切都豁出去，那似乎就永远也闹不清楚。现在，她突然觉得，那个人仿佛就是与自己比肩而坐的圭介；但与此同时，仿佛又不是这么个圭介，而是另一个人⋯⋯

在好像是哪个国家领事馆的建筑物前，几个男孩和女孩分成两组，正在打雪仗，其中还夹杂着外国小孩。他俩乘坐的汽车缓缓地驶过孩子们附近时，不知哪个孩子投的雪球，恰巧啪地打在圭介面前的窗玻璃上，飞散开来了。圭介下意识地伸出一只手，挡住自己的脸，一边惊恐地望着孩子们。当他发现孩子们已经着了迷，根本没有注意到这件事，继续在扔雪球时，立刻独自露出了微笑，并且饶有兴趣地一直回头返顾着。"这个人居然如此喜欢孩子？"菜穗子在一旁，对圭介方才的态度产生了些许好感。她第一次留意到自己丈夫的这一性格⋯⋯

不久，汽车拐了个弯，陡然驶入一条林木繁密、阒无人影的小巷。

"前面就是！"圭介急不可耐地关照司机说，人已经坐不住了。

菜穗子面朝窗外，很快发现一座估计就是目的地的小洋楼，小洋楼前就栽着几棵棕榈树，树上积着雪。

二十四

"菜穗子，你究竟为啥在这种日子突然跑了回来？"

圭介这么问菜穗子。然后他发现，同一问题，自己已经问过两次了。接着，他回忆起自己第一次提出这个问题时，菜穗子只是微微一笑，默默地注视着自己的情景来。圭介仿佛害怕再度出现无言回答似的，急切地补允道：

"疗养所里是否发生了什么不愉快的事儿？"

圭介发觉，菜穗子对于回答这个问题有点儿踌踏。他并不认为，菜穗子因为无法对自己的行为作出说明，而再次陷入了困境。他只是担心，菜穗子的沉默，莫非还有什么更使自己惶恐不安的原因不成？不过与此同时，圭介也并非没有发现自己此刻刨根问底的心情——不管菜穗子的回答，其结果将会使自己陷入怎样的不安之中，自己也无论如何要打听一下。

"你干什么事情，估计是经过深思熟虑的吧……"圭介再次追问道。

菜穗子一时无言以对。她从旅馆朝北的窗口，俯视着一条不深的峡谷。峡谷中，低矮的房舍鳞次栉比。峡谷中的房舍和街道，全都覆盖着皑皑白雪。而在这条白茫茫的峡谷对面，可以隐隐约约地望见一家教堂的尖顶，幻影似的耸立在雪原上。

菜穗子此刻认为，自己如果处于圭介的立场，就肯定会首先考虑盘踞在自己心头的疑点；而圭介呢，他似乎先把住宿问题解决后，才认真地开始考虑它。她认为，这就是圭介与众不同的地方。不过，她还是试图把终于与自己的心逐步接近起来的丈夫，进一步吸引过来。她闭上眼睛，再次考虑自己的行为应该如何解释，才能让丈夫也充分理解？可是在急性子的圭介眼里，她的沉默，似乎只能被看作依然是她的无言回答。

"不过，你不觉得太出人意料了吗？你这么做，人家不知会有什么想法呢！"

圭介仿佛对继续追问失去了信心。听丈夫这么一说，菜穗子猛然觉得，丈夫在感情上，看来已与自己完全疏远了。

"人家爱怎么想，就由他们去想好啦！"菜穗子一下子抓住了丈夫的失言。与此同时，她感到自己平素对于丈夫的愤懑，不意又复苏了。由于她当时根本没有估计到自己会发火，因此，连她自己也来不及将这股火气按捺住。菜穗子有点怒形于色，开始信口开河："因为雪下得太有趣，所以我就待不住啦。我像一个顽皮的孩子似的，自己想干的事情，就千方百计地想干一下。仅此而已……"菜穗子说着，忽然想起自己近来牵肠挂肚、不胜担忧的——孑然一身的都筑明来，眼睛不觉有些湿润，"所以，我明天就回去。对疗养所里的人们，我也这么赔个礼。这样行了吧。"

菜穗子的眼睛里噙着泪花。她不禁觉得：自己的这番解释，以前根本没有考虑过，方才只是为了让丈夫难堪才说出来的。可是出乎意料，在信口开河的过程中，迄今连自己也不甚了了的自己行为的动机，居然就在于此！

也许由于这一发现，当她收住话头时，她不由得觉得，连自己的心情也豁然开朗了。

有顷，两人都默默地俯视着窗外的雪景，谁也没有吭声。

"这件事我没有告诉妈妈哩。"不多时，圭介说道，"你也别告诉。"

说着，圭介的眼前，突然浮现出母亲的面庞来：近来，母亲已经老相毕露。看来，此事好歹就这么顺顺当当地解决了，圭介不禁舒了口气。不过另一方面，这么着他自个儿又觉得有点不太满意。霎时间，他突然可怜起菜穗子来了。"要是你那么想回到我的身边来，那又另当别论。"他对是否应该向妻子道出这番话煞费踌躇。不过他很快理会到，倘若在目前这种情况下再回过头来谈论这个问题，那么让看上去已与常人无异的菜穗子重返高原疗养所，就显得不合情理了。当圭介认识到，菜穗子许下的、明天无条件返回疗养所的诺言，只能将自己的情绪稳定到准备用上面这句话来刺探菜穗子的心曲时，他决心不再在妻子突然返京的问题上追根究底了。不过在内心深处，估计他有点想把方才这种心潮翻滚的时刻，把感受到即将真正地紧贴在一起的两颗心微微颤抖的时刻，永远留在自己与妻子之间。可是此刻，他又在心头清晰地回忆起自己母亲苍老的面庞来。

这位母亲，即使在病榻上，也注视着他的一举一动。圭介不禁觉得，母亲之所以会老相毕露，甚而至于母亲之所以会生病，在某种程度上，似乎是由此刻正在这种地方、干着这种事情的自己与妻子造成的。这个胆小怕事的男人，对于自己此刻的所作所为，感到异常的负疚。他连做梦也没有想到，自己的母亲，近来实际上正在悄悄地向菜穗子伸出手去呢。而他自己，最近对于菜穗子，总算不再像过去某个时期那样，有一种强烈的后悔感了；而对于再度恢复的、往昔那种母子俩相依为命的简单生活，如今则于倦怠中产生了一种安逸之感。在心里经过这番深入思考后，圭介终于得出一个结论：在一切得到解决之前，还得请菜穗子也这么忍耐一个时期。

菜穗子已经把一切都置之度外。她面朝大雪纷飞的窗外，继续怔怔地眺望着暮色苍茫的浅谷对面，从方才起就隐约可见的教堂尖顶。不知怎的，她觉得自己在孩提时，似乎看到过与此一模一样的尖顶。

圭介掏出怀表看了看时间。菜穗子朝他瞥了一眼，说道：

"请回去吧。明天不必来啦，我一个人能回去。"

圭介拿着表，眼前顿时浮现出菜穗子翌晨冒着漫天大雪回去，继续在积雪更深的山里一个人打发日子的情景来。近来于不知不觉中已被忘却的刺鼻的消毒剂气味和疾病、死亡的不安气氛，在他的心中复苏了，犹如某种能震撼心灵的东西似的……

其间，菜穗子一直注视着丈夫茫然若失的神情，脸上莫名其妙地浮现出一种纯真无邪的微笑。因为她觉得，丈夫也许即将理解她此时此刻的心情，并对她说："你在这家旅馆里再这么住上两三天好吗？不要让任何人知道，就咱俩悄悄地过……"

可是，丈夫只是像驱赶某种念头似的摇了一下头，一声不吭地将一直拿在手里的怀表，慢慢地放入了衣袋。他似乎以此表明：自己已经非回去不可了……

圭介冒着风雪回去了，菜穗子将他送到光线暗淡的大门口。然后，她将脸贴在玻璃窗上，透过几棵犹如白色精灵的棕榈树，怔怔地眺望着黄昏时分的雪景。雪还在一个劲儿地下着。有好大一会儿，她觉得心里空落落的：一些分不清与自己此时此刻的心情是否有关的事情，接二连三地爬上了她的记忆，随即又被忘记得干干净净。譬如说：一侧承受着风雪侵袭的山区小火车站的景象啦，方才一直在眺望的、但怎么也记不起以前何时见到过的教堂尖顶啦，安详地承受着某种痛苦的都筑明啦，边扔雪球边嚷嚷的众多的孩子啦……

这时，她背后大房间里的电灯总算亮了。电灯一亮，她把脸贴在上面的窗玻璃就开始反光，使外面的景色顿时变得难以辨认。她这才意识到，今晚自己必须一个人在这家方才只瞥见过两三个外国人的小旅馆里过。但是，这个想头几乎还来不及勾起她寂寞、失悔之类的感情。因为另一个想头，倏忽兜上了她的心头。那就是她仿佛觉得：在今天自己着迷似的、不顾一切的、为所欲为的过程中，自己的面前，突然隐隐约约地出现了几个原先老待在一个地方时根本考虑不到的人生断面，使自己朦朦胧胧地受到启示，看到了一条新的人生道路。

她陷入了这样的沉思遐想中，一边还在心不在焉地眺望着窗外的景色：窗外唯见白茫茫的一片，别的什么也看不清了。这样把自己的脸紧紧地贴在冰冷的窗玻璃上，菜穗子的心情逐渐愉快起来。大房间里暖烘烘的，使她的脸开始发烧。此刻，她的心情尽管很愉快，但她还是禁不住想起了明天必须返回的高原疗养所那种砭骨的严寒……

服务员走过来通知她说，晚饭已经准备停当。她默默地点点头，突然感到肚子确实饿了。她没有回自己的房间去，而是径自朝后曲的饭厅方向走去——那里，方才就传来了轻微的碗碟声。

作者简介

堀辰雄（1904—1953），日本昭和初期新心理主义代表作家，1904 年 12 月 28 日出生于东京市麹町区平河町。父亲堀浜之助乃是广岛藩武士，明治维新后来到东京，当时在东京地方法院任监督书记。母亲西村志气出身商人之家。由于 1904 年是辰年，所以他被取名为辰雄。堀浜之助在老家已有发妻，但因身体有病，她未曾生育，所以堀辰雄是作为堀家的嫡长子申报户口的。两年后，堀浜之助发妻从老家来到东京，母亲志气便带堀辰雄离开堀家，寄居到向岛小梅町妹妹家中。1908 年，母亲携四岁的堀辰雄与向岛须崎町的镀金师上条松吉成亲。从此，堀辰雄一直把继父看作自己的生身父亲。1910 年堀辰雄六岁时，生父堀浜之助去世。翌年 4 月，堀辰雄进牛岛小学学习。1914 年 7 月，堀浜之助发妻亡故，堀浜之助的遗族抚恤金，就由堀辰雄一直领到成年为止。

1921 年 4 月，堀辰雄从东京府立第三中学毕业，进第一高中理科乙类学德语，首次离开父母住到学校宿舍。初中时喜欢数学、梦想成为数学家的堀辰雄，经室友神西清指引，走上了文学道路，二人成为文坛上一对至死不渝的同窗契友。11 月，在神西清创办的杂志《苍穹》上发表了《清寂》。

　　1923 年，对于十九岁的堀辰雄来说，是决定命运的一年。经神西清推荐，他在宿舍里如痴如醉地读了诗人荻原朔太郎年初刚出版的诗集《青猫》，品尝到了诗的滋味。5 月，经第三中学校长介绍，他结识了诗人兼小说家的室生犀星。7 月，他在《橄榄林》上发表了诗作《法兰西偶人》。8 月，他在室生犀星的协助下，第一次去了轻井泽——这个与他的文学生涯结下不解之缘的地方。9 月 1 日发生了关东大地震，堀辰雄虽然死里逃生，但他的母亲不幸溺水而亡。母亲的死，对堀辰雄打击很大。8 月，他经室生犀星介绍，认识了芥川龙之助——一位不可多得的良师益友。从此，堀辰雄便经常去芥川家拜访，芥川亦对这个十九岁的文学青年关爱有加。冬天，尚未从丧母的打击中振作起来的堀辰雄，因患上肋膜炎中断了学业。

　　1925 年 3 月，堀辰雄从第一高中毕业，4 月进入东京帝国大学文学部国文科。这年两个月的暑假，他在轻井泽度过。除阅读司汤达的《红与黑》、梅里美的

《卡门》《高龙巴》、法郎士的《红百合》、纪德的《窄门》《不道德的人》《田园交响曲》，以及普希金的《黑桃皇后》之外，他还见到芥川当时的恋人山本广子，还有她女儿——也就是后来让堀辰雄心生爱慕的山本总子。

翌年4月，他和中野重治、渊川鹤次郎等人创办《驴马》杂志，连续不断地介绍科克托和阿波里奈尔等人的诗作。9月，他又与神西清、吉村铁太郎创办《帚》杂志（第二期起改名为《虹》），又于次年11月，并入颇为引人注目的同人文学杂志《山茧》。他的处女作《鲁本斯的伪画》，是以1925年暑假期间的体验写成的。堀辰雄认为自己好歹写出了差强人意的作品而乐不可支，马上将稿子拿到芥川和室生那里请两位师长过目。《鲁本斯的伪画》等作品，曾受到诗人兼小说家佐藤春夫的称许。

1927年7月24日，芥川龙之介突然自杀身亡，这给了堀辰雄以难以言传的打击。9月，他与芥川外甥葛卷义敏一起，着手编纂《芥川龙之介全集》，还亲自誊写部分书稿。堀辰雄一直将芥川——无论是作为人还是作为作家——视为理想的楷模。精神上遭受的沉重打击，使他几近绝望。1928年初，他再次患上严重的肋膜炎，险乎撒手人寰，只能再度休学。养病期间，他受科克托《大差距》的影响写下的《笨拙的天使》，可以视为堀辰雄文学生涯的起点。

1929年3月，堀辰雄大学毕业，毕业论文以《论芥川龙之介》为题。他在8月30日的日记中写道，失去师长后"我们必须写西式长篇小说"。10月，他与犬养健、川端康成、横光利一等人创办了《文学》杂志。

以恩师芥川之死为素材，结合自身经历，参照拉迪盖《德·奥热尔伯爵的舞会》的表现手法写成的《神圣家族》，于1930年秋脱稿，11月发表于《改造》，此书可谓堀辰雄的成名作。横光利一在单行本的序言中予以了赞扬。可是未等到书稿发表，堀辰雄就咯血不止。

在自家的病榻上，他开始阅读普鲁斯特的《追忆似水年华》。他的病情不见好转，4月起入住信州的富士见高原疗养所。三个月后，他又去了轻井泽，回东京后继续绝对静养。期间写了《本所》《恢复期》。这样动辄卧病在床，倒使他有充裕时间接触普鲁斯特，实现正儿八经介绍普鲁斯特的抱负，也有助于深化自己的作品。

1933年5月，他创办季刊《四季》。他和山本总子分手后，为了消除身心疲惫，6月初去了轻井泽。他在下榻的鹤屋旅馆，邂逅了画油画的矢野绫子。这一年，他还结识了未来的弟子立原道造。

1934 年 4 月，《美丽的村庄》各章集结出版单行本。此前，横光利一曾写信表示赞赏。5 月，他开始阅读里尔克的《马尔特手记》，逐渐喜欢上里尔克和莫里亚克的作品。9 月，他与矢野绫子订婚。季刊《四季》只出了两期便告停刊。10 月，他与丸山薫、三好达治创办月刊《四季》（诗刊），培养出了立原道造、津村信夫、野村英夫等优秀诗人，也赋予抒情诗以新的生命。

1935 年 6 月，他独力完成《四季》第八期"里尔克研究"特刊。7 月，他与患肺病的未婚妻一起，入住富士见高原疗养所。后来，绫子病情恶化，于 12 月 6 日殒命。描绘二人缠绵悱恻爱情生活的小说《起风了》，各章节自 1936 年底起陆续发表。最后一章《死亡谷》中，他引用了里尔克的《安魂曲》。

在倾心于里尔克作品的同时，他开始学习《伊势物语》等日本古典文学作品，并结识了国文学家兼民俗学家折口信夫，定期去折口执教的国学院大学和庆应大学听课。在《镇魂歌》中，堀辰雄把《伊势物语》《万叶集》和里尔克的《杜依诺哀歌》结合在了一起。

1938 年夏天，他在信州追分结识了加藤多惠。翌年 4 月，他以室生犀星夫妇为媒妁与加藤举行婚礼；

新房是在轻井泽租借的一栋别墅。5月，继父上条松吉突发脑溢血，夫妇俩前往向岛家中护理。年底，继父去世。翌年3月29日，二十四岁的诗人立原道造——《菜穗子》中都筑明的原型——英年早逝，堀辰雄失却了一个情同手足的得意门生。

1940年1月，在回答《帝大新闻》的书面采访时，堀辰雄透露："正想写一部暂时定名为《菜穗子》的小说，这次打算尽可能写成有模有样的小说。"1941年3月，《菜穗子》在《中央公论》上发表。七年前因为写《起风了》而搁浅的、打算写《故事中的女人》续集的构想，七年后以发表第一部长篇小说《菜穗子》结出了硕果。1942年3月，堀辰雄的代表作《菜穗子》，获得第一届中央公论社文艺奖。

1937年6月，堀辰雄生平第一次去京都，至1943年5月旧地重游，期间堀辰雄还去了四次奈良。前后六次的大和之旅，他深入走访了两地众多的名胜古迹，其目的原本是考虑构思一部天平时代的小说，可是最终写成的，是随笔式的《大和路·信浓路》，在《妇人公论》上连载到1943年8月。

1944年1月，在期刊《文艺》上发表《树下》。不久，便去信州追分寻觅疏散的场所。他回到东京后又开始咯血，继续保持绝对静养状态。6月，月刊

《四季》在出了八十一期后宣布停刊。

1945年，他的第一要务是将息身体，但出于对日本古代文化的关心，使他产生创作新小说的念头。翌年3月，他在《新潮》上发表《雪上的足迹》，而后就再也没有什么作品问世。初夏时节尚能挂着拐杖散步的堀辰雄，从此便在家中卧病不起。

1950年11月，他自选的《堀辰雄作品集》获得第四届每日出版文化奖。

1953年5月，堀辰雄病情恶化，28日与世长辞，享年四十八岁。他的告别仪式6月3日在东京芝公园增上寺举行，由川端康成担任治丧委员会主任。

1955年5月28日，他的骨灰移至多磨陵园并竖立墓碑。

纵观堀辰雄的一生，可以说他始终为死亡的阴影所笼罩。六岁失怙，十九岁丧母，恩师芥川龙之介自杀，未婚妻矢野绫子短折，继父病逝，还有诗刊《四季》那些过从甚密的诗友辻野久宪、中原中也、立原道造、津村信夫、荻原朔太郎先后谢世……就其自身而言，蒲柳之质怎堪肺结核这个沉疴痼疾的纠缠。堀辰雄的小说，其实是在死亡的威胁下，利用短暂的健康间隙写成的。

在他的文学生涯中，芥川龙之介和轻井泽起到了决定性的作用。1925 年夏天，他在轻井泽的经历，是创作《鲁本斯的伪画》和《神圣家族》的关键素材。从《故事中的女人》《蜻蜓日记》到《菜穗子》，堀辰雄一以贯之的文学主题，倘若没有轻井泽的芥川龙之介和片山广子，是无法成立的。

对堀辰雄的文学创作活动产生影响的人物，当然首推芥川龙之介。此外，在日本还有荻原朔太郎、佐藤春夫和折口信夫等作家。在国外有叔本华、尼采、科克托、雷蒙·拉迪盖、梅里美、司汤达、瓦雷里、里尔克、波德莱尔、普鲁斯特、阿波利奈尔和乔伊斯等作家。他们中不乏善于运用心理描写、心理剖析、内心独白、意识流等手法的心理主义文学大师。

堀　辰雄

風立ちぬ・菜穂子

根据岩波社日本现代文学全集32堀辰雄集译出

图书在版编目（CIP）数据

起风了·菜穗子 /（日）堀辰雄著；吴大有译. —
上海：上海译文出版社，2020.6
　ISBN 978-7-5327-8375-5

　Ⅰ. ①起… Ⅱ. ①堀… ②吴… Ⅲ. ①长篇小说—日
本—现代 ②中篇小说—日本—现代 Ⅳ.①I313.45

　中国版本图书馆CIP数据核字（2020）第103063号

起风了·菜穗子

［日］堀辰雄 著　吴大有 译
责任编辑 / 龚容　装帧设计 / 柴昊洲

上海译文出版社有限公司出版、发行
网址：www.yiwen.com.cn
200001　上海福建中路193号
苏州市越洋印刷有限公司印刷

开本787×960　1/32　印张8.75　插页12　字数87,000
2020年12月第1版　2020年12月第1次印刷
印数：0,001—5,000册

ISBN 978-7-5327-8375-5/I·5136
定价：188.00元

堀辰雄（1904—1953）

写作《起风了》前后的堀辰雄

《起风了》写作时期的堀辰雄

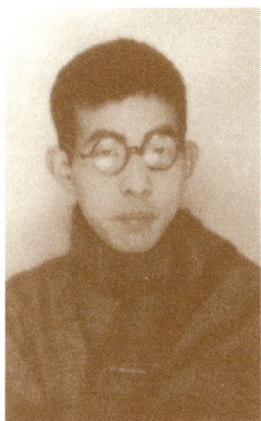

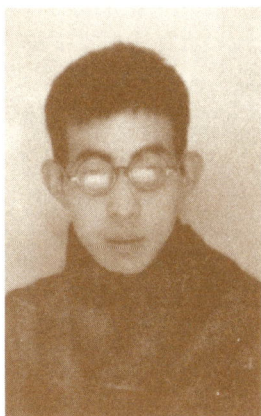

昭和四五年间的堀辰雄
左上是辰雄第一部作品集《笨拙的天使》扉页上刊登的照片

昭和十三年夏，新婚不久后的堀辰雄住在轻井泽水源地附近的别墅

昭和十七年堀辰雄在轻井泽的第四个家里

《菜穗子》获得第一届中央公论社文艺奖的奖状

賞状

一九五〇年度毎日出版文化賞に貴著
「堀辰雄作品集（全七巻）」が審査
委員会に於て推薦されましたので
ここに賞状並に賞金を贈り表彰致し
ます

昭和二十五年十月十一日

堀辰雄殿

毎日新聞社

《堀辰雄作品集（全七卷）》获 1950 年度每日出版文化奖的奖状

堀辰雄在《橄榄林》上发表的诗作《法兰西偶人》

宗瑛画的堀辰雄头像

深泽红子画的《堀辰雄诗集》插图

深泽红子给《堀辰雄诗集》配的肉笔水彩插画

昭和 7 年 2 月刊

昭和 5 年 7 月刊

昭和 4 年 4 月刊

●初版本等

昭和 12 年 6 月刊
鈴木信太郎装幀

昭和 8 年 12 月刊

昭和 8 年 2 月刊

昭和 16 年 11 月刊

昭和 9 年 4 月刊

昭和 12 年 11 月刊
（再版本）

早期堀辰雄作品的各种版本

昭和12年8月刊

昭和24年3月刊

昭和9年11月刊

昭和16年9月刊

昭和14年6月刊

昭和24年8月刊

昭和21年7月～
昭和26年6月刊

昭和17年8月刊
深沢紅子装幀・挿画

堀辰雄作品以及作品集

长野县富士见市的八岳山

如今残存的富士见高原疗养所建筑物

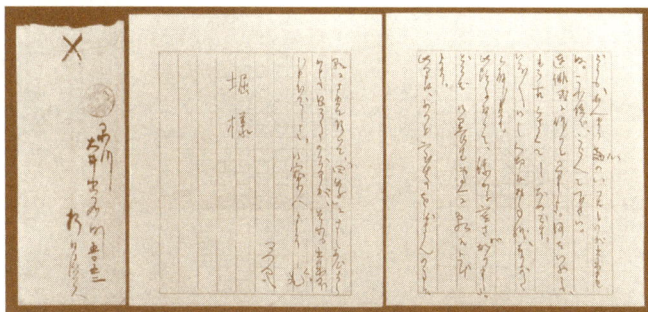

《夏日感伤四章》书稿

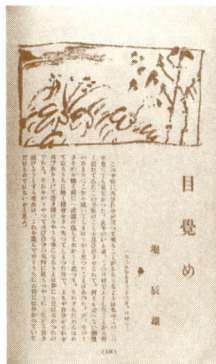

昭和十六年9月刊登在《文学界》上的《觉醒》，
之后又成为《榆树的家》的第二部

昭和五年 11 月《改造》上刊登的辰雄作品《圣家族》

昭和八年 1 月堀辰雄刊登在《文艺春秋》上的《颜》

昭和八年 10 月刊登在《改造》上的《美丽的村庄》

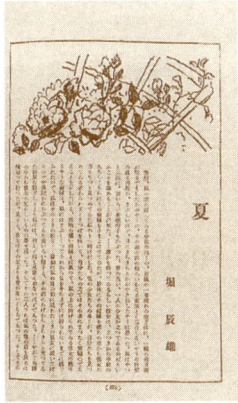

昭和八年 10 月堀辰雄刊登在《文艺春秋》上的《夏》

昭和九年 2 月堀辰雄刊登在《文艺》上的《插话》

日本导演宫崎骏于 2013 年执导的动画电影《起风了》，主题思想 "唯有试着努力生存下去（いざ生きめやも）"，出自日本作家堀辰雄的小说《起风了》中的一个章节，这句话引用了法国诗人保尔·瓦雷里的《海滨墓园》（*Le cimetière marin*）里的一句话 "il faut tenter de vivre"。

保尔·瓦雷里（Paul Valéry，1871–1945），法国象征派大师，法兰西学院院士。瓦雷里在大学时代就展露出诗歌天赋，当时有报纸预言："今后他的名字将被人们口口相传。"但他结束了法学院的学业，获得法学学士学位的前后，一种柏拉图式的清心寡欲的情绪占据了他的心。1892 年 9 月，他同家人前往热那亚度假，在一个暴风雨交加的 "可怕夜晚"，他决定放弃诗歌和爱情，献身于 "纯粹的和无私的知识"。其后二十多年，瓦雷里在国防部、哈瓦斯通讯社等处工作，但求知和深思的习惯，已成为了他的生命根源。

《海滨墓园》原文

Le cimetière marin

Paul Valéry

Ce toit tranquille, où marchent des colombes,
Entre les pins palpite, entre les tombes;
Midi le juste y compose de feux
La mer, la mer, toujours recommencee
O récompense après une pensée
Qu'un long regard sur le calme des dieux!
Quel pur travail de fins éclairs consume
Maint diamant d'imperceptible écume,
Et quelle paix semble se concevoir!
Quand sur l'abîme un soleil se repose,
Ouvrages purs d'une éternelle cause,
Le temps scintille et le songe est savoir.
Stable trésor, temple simple à Minerve,
Masse de calme, et visible réserve,
Eau sourcilleuse, Oeil qui gardes en toi
Tant de sommeil sous une voile de flamme,
O mon silence! ...Édifice dans l'ame,
Mais comble d'or aux mille tuiles, Toit!
Temple du Temps, qu'un seul soupir résume,

À ce point pur je monte et m'accoutume,

Tout entouré de mon regard marin;

Et comme aux dieux mon offrande suprême,

La scintillation sereine sème

Sur l'altitude un dédain souverain.

Comme le fruit se fond en jouissance,

Comme en délice il change son absence

Dans une bouche où sa forme se meurt,

Je hume ici ma future fumée,

Et le ciel chante à l'âme consumée

Le changement des rives en rumeur.

Beau ciel, vrai ciel, regarde-moi qui change!

Après tant d'orgueil, après tant d'étrange

Oisiveté, mais pleine de pouvoir,

Je m'abandonne à ce brillant espace,

Sur les maisons des morts mon ombre passe

Qui m'apprivoise à son frêle mouvoir.

L'âme exposée aux torches du solstice,

Je te soutiens, admirable justice

De la lumière aux armes sans pitié!

Je te tends pure à ta place première,

Regarde-toi! ... Mais rendre la lumière

Suppose d'ombre une morne moitié.

O pour moi seul, à moi seul, en moi-même,

Auprès d'un coeur, aux sources du poème,

Entre le vide et l'événement pur,

J'attends l'écho de ma grandeur interne,

Amère, sombre, et sonore citerne,
Sonnant dans l'âme un creux toujours futur!
Sais-tu, fausse captive des feuillages,
Golfe mangeur de ces maigres grillages,
Sur mes yeux clos, secrets éblouissants,
Quel corps me traîne à sa fin paresseuse,
Quel front l'attire à cette terre osseuse?
Une étincelle y pense à mes absents.
Fermé, sacré, plein d'un feu sans matière,
Fragment terrestre offert à la lumière,
Ce lieu me plaît, dominé de flambeaux,
Composé d'or, de pierre et d'arbres sombres,
Où tant de marbre est tremblant sur tant d'ombres;
La mer fidèle y dort sur mes tombeaux!
Chienne splendide, écarte l'idolâtre!
Quand solitaire au sourire de pâtre,
Je pais longtemps, moutons mystérieux,
Le blanc troupeau de mes tranquilles tombes,
Éloignes-en les prudentes colombes,
Les songes vains, les anges curieux!
Ici venu, l'avenir est paresse.
L'insecte net gratte la sécheresse;
Tout est brûlé, défait, reçu dans l'air
A je ne sais quelle sévère essence . . .
La vie est vaste, étant ivre d'absence,
Et l'amertume est douce, et l'esprit clair.
Les morts cachés sont bien dans cette terre

Qui les réchauffe et sèche leur mystère.

Midi là-haut, Midi sans mouvement

En soi se pense et convient à soi-même

Tête complète et parfait diadème,

Je suis en toi le secret changement.

Tu n'as que moi pour contenir tes craintes!

Mes repentirs, mes doutes, mes contraintes

Sont le défaut de ton grand diamant!...

Mais dans leur nuit toute lourde de marbres,

Un peuple vague aux racines des arbres

A pris déjà ton parti lentement.

Ils ont fondu dans une absence épaisse,

L'argile rouge a bu la blanche espèce,

Le don de vivre a passé dans les fleurs!

Où sont des morts les phrases familières,

L'art personnel, les âmes singulières?

La larve file où se formaient les pleurs.

Les cris aigus des filles chatouillées,

Les yeux, les dents, les paupières mouillées,

Le sein charmant qui joue avec le feu,

Le sang qui brille aux lèvres qui se rendent,

Les derniers dons, les doigts qui les défendent,

Tout va sous terre et rentre dans le jeu!

Et vous, grande âme, espérez-vous un songe

Qui n'aura plus ces couleurs de mensonge

Qu'aux yeux de chair l'onde et l'or font ici?

Chanterez-vous quand serez vaporeuse?

Allez! Tout fuit! Ma présence est poreuse,
La sainte impatience meurt aussi!
Maigre immortalité noire et dorée,
Consolatrice affreusement laurée,
Qui de la mort fais un sein maternel,
Le beau mensonge et la pieuse ruse!
Qui ne connaît, et qui ne les refuse,
Ce crâne vide et ce rire éternel!
Pères profonds, têtes inhabitées,
Qui sous le poids de tant de pelletées,
Êtes la terre et confondez nos pas,
Le vrai rongeur, le ver irréfutable
N'est point pour vous qui dormez sous la table,
Il vit de vie, il ne me quitte pas!
Amour, peut-être, ou de moi-même haine?
Sa dent secrète est de moi si prochaine
Que tous les noms lui peuvent convenir!
Qu'importe! Il voit, il veut, il songe, il touche!
Ma chair lui plaît, et jusque sur ma couche,
À ce vivant je vis d'appartenir!
Zénon! Cruel Zénon! Zénon d'Élée!
M'as-tu percé de cette flèche ailée
Qui vibre, vole, et qui ne vole pas!
Le son m'enfante et la flèche me tue!
Ah! le soleil... Quelle ombre de tortue
Pour l'âme, Achille immobile à grands pas!
Non, non!... Debout! Dans l'ère successive!

Brisez, mon corps, cette forme pensive!
Buvez, mon sein, la naissance du vent!
Une fraîcheur, de la mer exhalée,
Me rend mon âme ... O puissance salée!
Courons à l'onde en rejaillir vivant.

Oui! grande mer de delires douée,
Peau de panthère et chlamyde trouée,
De mille et mille idoles du soleil,
Hydre absolue, ivre de ta chair bleue,
Qui te remords l'étincelante queue
Dans un tumulte au silence pareil

Le vent se lève! ... il faut tenter de vivre!
L'air immense ouvre et referme mon livre,
La vague en poudre ose jaillir des rocs!
Envolez-vous, pages tout éblouies!
Rompez, vagues! Rompez d'eaux rejouies
Ce toit tranquille où picoraient des focs!